Günter Huth

Der *Schoppenfetzer* und die blutrote Domina

Günter Huth wurde 1949 in Würzburg geboren und lebt seitdem in seiner Geburtsstadt. Er kann sich nicht vorstellen, in einer anderen Stadt zu leben. Von Beruf ist er Rechtspfleger (Fachjurist). Günter Huth ist verheiratet und hat drei Kinder.
Seit 1975 schreibt er in erster Linie Kinder- und Jugendbücher sowie Sachbücher aus dem Hunde- und Jagdbereich. Außerdem veröffentlichte er zahlreiche Kurzerzählungen. In den letzten Jahren hat sich Günter Huth vermehrt dem Genre »Krimi« zugewandt und bereits einige Kriminalerzählungen veröffentlicht. 2003 kam ihm die Idee für einen Würzburgkrimi. Der Autor ist Mitglied der Kriminalschriftstellervereinigung *Das Syndikat*.

Die Handlung und die handelnden Personen dieses Romans sind frei erfunden. Jede Ähnlichkeit mit toten oder lebenden Personen oder Persönlichkeiten des öffentlichen Lebens ist nicht beabsichtigt und rein zufällig.

Günter Huth

Der *Schoppenfetzer* und die blutrote Domina

Der elfte Fall des Würzburger
Weingenießers Erich Rottmann

Buchverlag Peter Hellmund

WÜRZBURG ZUR ZEIT DER BAUERNKRIEGE

Die drei Männer, die sich an einem Maiabend des Jahres 1525 im schwachen Schein des Halbmondes zur mitternächtlichen Stunde vom Main her durch die Gassen von Würzburg bewegten, achteten sorgfältig darauf, keinen Lärm zu machen. Das war nicht sonderlich schwer, da aus der Ferne, vom jenseitigen Ufer des Mains, die Geräusche des Feldlagers der Belagerungstruppen der aufständischen Bauern zu hören waren. Eine Geräuschkulisse, die von tausenden von Stimmen, Trommeln und Pfeifen erzeugt wurde und die Schritte der drei Männer fast vollständig überdeckte.

Der beginnende Mai hatte der Stadt gerade einen Platzregen beschert. Der Boden war aufgeweicht und schlammig. Die Feuchtigkeit in der Nacht und der durch die Maisonne Tags zuvor aufgewärmte Boden ließen die Fäkalien und Abfälle, die in der ganzen Stadt neben den Wohnhäusern entsorgt wurden, einen penetranten Gestank entwickeln, der wie eine Glocke schwer über der Gasse hing. Die Männer waren diese Gerüche jedoch gewohnt und bemerkten sie nicht einmal.

Um Lautlosigkeit bemüht, hielten sie ihre Hiebwaffen fest, damit das Wehrgehänge kein verräterisches Klirren von sich gab. Ihre Sorge galt nicht der Obrigkeit der Stadt, da der Bürgermeister und die Stadträte im Grafeneckart, dem Würzburger Rathaus, auf ihrer Seite standen. Das Problem waren die zahlreichen Spitzel des Fürstbischofs, die überall lauern konnten und ihren Besuch in der Stadt sofort ihrem Herrn auf der Festung verraten und so ihre Pläne durchkreuzt hätten.

Einer der Männer, offenbar der Anführer, hob die Hand und gab ein warnendes Zischen von sich. Die beiden anderen blieben sofort stehen. Vorsichtig spähte der erste um eine Hausecke. Plötzlich raunte er: „Deckung!“

Sofort drückten sich seine beiden Kumpane, seinem Beispiel folgend, mit dem Rücken gegen die Hauswand, die Faust am Dolch.

Jetzt hörten auch sie schlurfende Schritte und ein unverständliches Brabbeln. Die drei hielten den Atem an. Einen Moment später kam ein Mann aus der Gasse, die sie gerade betreten wollten. Er hatte eindeutig zu viel getrunken, denn sein Gang war unsicher und leicht schwankend. Ohne auf seine Umgebung zu achten, stolperte er an den dreien vorbei. Unvermittelt ließ er einen kräftigen Furz fahren, den er mit einem Kichern quittierte.

„Wohl bekomm's“, kommentierte einer der Männer flüsternd den Darmwind des Betrunkenen, was ihm einen Ellbogenstoß seines neben ihm stehenden Kumpans eintrug. Der späte Zecher war jedoch völlig versunken in seiner alkoholisierten Welt und torkelte weiter.

Der Anführer sicherte erneut um die Ecke in die Gressengasse. Diesmal war niemand mehr zu sehen. Ihr Ziel lag direkt vor ihnen. Trotzdem zögerte der Mann. Mit zusammengekniffenen Augen versuchte er das Zeichen zu erkennen.

„Er hängt“, gab er schließlich leise seinen Kumpanen bekannt. „Der Morgenstern ist draußen.“

Die drei atmeten auf. Ihr Informant hatte sich also nicht getäuscht, als er ihnen mitteilte, dass das Treffen der Anführer heute stattfinden würde.

Jetzt gab es kein Zögern mehr. Die drei verließen ihre Deckung und eilten zu einer Schänke, von der sie nur noch wenige Schritte trennten. Eine Minute später betraten sie den düsteren Schankraum, der nur durch einige heruntergebrannte Kerzen dürftig erhellt wurde.

„Ihr seid spät. Die anderen warten schon", stellte der einzige Gast fest, der an einem Tisch saß und einen Humpen Wein vor sich stehen hatte. Der bärtige Mann trug die typische Kleidung eines Landsknechts: ein buntes Wams und eine mehrfarbige Pluderhose. Sein Katzbalger, das kurze Landsknechtsschwert, lag blank neben ihm auf dem Tisch. Auf der Klinge spiegelte sich schwach das Kerzenlicht.

Ohne auf die Begrüßung des Mannes einzugehen, befahl der Anführer der Dreiergruppe: „Ihr beiden bleibt hier bei ihm. Fangt mir aber keine Händel an!"

„Lasst euch nieder", sagte der Bärtige mit einer einladenden Handbewegung. „Der Wein ist zwar sauer und schmeckt nach Pech, aber er ist billig und löscht den Durst." Er rief in den finsteren Teil der Gaststube: „Wirt, noch zwei Humpen für diese Männer!"

Aus dem Hintergrund tauchte eilfertig ein rundlicher, glatzköpfiger Mann auf und brachte zwei Humpen und einen Krug, aus dem er die Gefäße füllte.

„Lasst den Krug gleich hier", sagte einer der Neuankömmlinge. „Das Warten macht durstig." Er drückte dem Wirt eine Münze in die Hand. „Sicher habt ihr auch noch etwas zum Beißen in eurer Küche. Tragt auf, wir haben Hunger." Mit fragendem Blick musterte er den Bärtigen. „Ihr esst doch mit uns?"

Mit Schwung warf er seinen breitkrempigen Hut auf einen Nebentisch und ließ sich nieder. Sein Gefährte folgte seinem Beispiel.

Die beiden waren erkennbar ebenfalls Landsknechte, ihre Kleidung war jedoch schwarz. Sie gehörten zum berüchtigten Schwarzen Haufen des Florian Geyer von Giebelstadt. Eine Art Elitetruppe, die der Edle aus eigenen Mitteln zusammengestellt hatte.

„Ihr seid Männer nach meinem Geschmack", stellte der Bärtige fest, nahm das Schwert vom Tisch und ließ es in der Scheide an seinem Gürtel verschwinden.

Wenig später trug der Wirt ein Holzbrett mit kaltem Fleisch, einem halben Kapaun und Käse auf den Tisch. Daneben legte er einen Laib Brot. Die drei Männer ließen sich nicht lange bitten und begannen zu essen.

Als sie satt waren, zog einer Würfel aus der Tasche und sie begannen zu spielen.

Ein Stockwerk höher saß in einer geräumigen Stube der Hauptmann des Odenwälder Bauernhaufens, Götz von Berlichingen. Neben ihm warteten zwei weitere Männer. Man erkannte auf den ersten Blick, dass es keine Bauern oder Soldaten waren. Sie trugen die Kleidung der wohlhabenden Bürger und befanden sich hier in Wahrnehmung ihres Amtes als Stadträte. Der Abstand, den sie zwischen sich und Götz wahrten, sprach Bände. Der raubeinige Ritter flößte ihnen Respekt ein. Von Berlichingen hatte seinen Humpen anscheinend schon mehrmals geleert, denn sein Blick war schon etwas glasig.

Auch schockierte sie die angeschnallte eiserne Hand, die er auf den Tisch aufgelegt hatte. Es handelte sich um eine Prothese aus Metall, die ihm ein Kunstschmied nach dem Verlust seiner rechten Hand angefertigt hatte. Ein einschüchterndes Monstrum. Sein Schwert hatte er abgelegt, es stand in Reichweite gegen die Wand gelehnt.

„Geyer, Ihr kommt spät“, stellte er knapp zur Begrüßung fest und reichte ihm die Linke zum Gruß. Seine Stimme klang rau.

„Die Umstände haben mich aufgehalten“, erwiderte Florian Geyer und gab den beiden anderen Männern die Hand. Wolfhart Beierlein und Bonifaz Grätig waren Räte der Stadt, die als Abordnung des Stadtrats zur Lagebesprechung hinzugezogen worden waren. Der Hauptmann des Schwarzen Haufens zog sich einen der freien Stühle heran und ließ sich am Tisch nieder. Wortlos schob ihm der Einarmige einen Krug hin. Er schenkte sich einen Humpen voll und nahm einen kräftigen Schluck.

„Es gibt Neuigkeiten.“ Man konnte spüren, dass Wolfhart Beierlein eine bedeutsame Nachricht auf der Seele brannte und es ihn drängte, sie endlich loszuwerden.

Die besondere Betonung seiner Worte veranlasste die beiden Anführer, ihm in Erwartung einer wichtigen Botschaft ihre volle Aufmerksamkeit zu schenken.

„Ihr hattet doch gestern dem Fürstbischof ein Ultimatum gestellt und ihn aufgefordert, binnen vier Tagen in Verhandlungen einzutreten.“ Beierlein sah die beiden Anführer an. Diese nickten zustimmend.

„Nun, das hat Wirkung gezeigt. Aber anders, als ihr dachtet. Der Fürstbischof hat sich, wie wir von unseren Verbindungsleuten hörten, heute Nacht abgesetzt und ist jetzt angeblich über Boxberg nach Heidelberg unterwegs.“

Die Nachricht traf die beiden Bauernführer unvorbereitet.

„Verdammt, dieser Feigling!“, stieß Götz hervor und schlug mit seiner Eisenhand auf den Tisch. Die Humpen wackelten und die Ratsherren zuckten zusammen.

„Wer ist jetzt noch oben auf dem Marienberg?“, wollte Florian Geyer wissen. Er hatte sich besser im Griff.

„Der Festungskommandant, Markgraf Friedrich von Brandenburg, verteidigt mit achtzehn gut ausgebildeten Rotten die Wälle. Unsere Informanten sprechen von ungefähr zweihundertvierzig Mann unter Waffen." Bonifaz Grätig runzelte ernst die Stirn. „Sie haben genügend Lebensmittel und Wasser und können eine Belagerung längere Zeit durchhalten. Außerdem verfügen sie über zahlreiche Kanonen und Feldschlangen. Die Wälle und Mauern über die steilen Weinbergshänge zu stürmen wäre daher blanker Selbstmord und ist praktisch unmöglich."

„Die Belagerung kann nicht mehr viel länger aufrechterhalten werden", stellte Florian Geyer fest. „Die Bauern sind ungeduldig und nicht sehr diszipliniert, sie wollen endlich die Festung stürmen. Aber es fehlt am nötigen Nachschub. Die Männer sind voller Wut und die Haufen marodieren allenthalben im ganzen Bistum. Es liegen noch große Bauerngruppen bei Höchberg und Heidingsfeld. Wenn der Zustrom so anhält, haben wir bald zwanzigtausend Mann für den Sturm vor der Festung liegen. Das Problem ist nur, dass wir noch keine mauerbrechenden Geschütze haben. Ohne die werden wir uns blutige Köpfe holen."

„Wie viele Männer hat die Stadt unter Waffen?", wollte Götz wissen.

„Einige Hundert werden es schon sein", gab Beierlein vage zur Antwort. „Aber alles keine ausgebildeten Soldaten mit schlechter Bewaffnung."

Götz gab ein schwer ergründbares Knurren von sich.

„Die Tauberbischofsheimer haben mir einige Kanonen und einen Geschützmeister versprochen", berichtete Florian Geyer. „Ich weiß allerdings nicht, wann sie eintreffen. Bis dahin sollten wir versuchen, die Bauern stillzuhalten."

„Die Bauern sind ungeduldig", warf Götz von Berlichingen grollend ein. „Seit sie einige Erfolge gehabt haben, denken sie, es würde immer so weitergehen. Ich fürchte, der Fürstbischof wird mit Truppen wiederkommen."

Die vier beschlossen, sich von nun an täglich hier unter dem Stachel, wie sie den Morgenstern nannten, zu treffen.

Die Räte, Götz von Berlichingen und sein Landsknecht gingen zurück ins Feldlager. Florian Geyer schickte seine beiden Männer ebenfalls zurück, er selbst blieb noch.

Er ließ sich vom Wirt einen weiteren Krug mit Wein und zwei Trinkbecher geben, dann ging er zu einem Zimmer im hinteren Teil, das er nach leisem Anklopfen betrat.

Eine billige Talgkerze erleuchtete mit rußender Flamme schwächlich den Raum, der nur mit einer einfachen Bettstatt, einem Schrank und einem Tisch mit zwei Hockern dürftig möbliert war.

Nachdem er die Tür geschlossen hatte, löste sich aus dem Schatten neben dem Schrank eine Gestalt, die wie ein Landsknecht gekleidet war.

„Du hast mich warten lassen", sagte die Person mit einem leicht vorwurfsvollen Unterton in der Stimme. Sie griff nach dem breitkrempigen Hut, zog ihn vom Kopf und warf ihn auf den Tisch. Wie ein Wasserfall löste sich sofort eine Flut blutroter, langer Haare und fiel ihr wie ein dichter Schleier auf die Schultern. Im Kerzenlicht waren nun die ebenmäßigen Züge einer jungen Frau zu erkennen. Die Haut hatte die typisch helle Färbung Rothaariger. Die Augenbrauen unter der hohen Stirn waren zwei zarte rötliche Linien über grünlichen Augen, die den Ankömmling über eine kleine Nase hinweg streng ansahen.

„Du hast mich warten lassen!", wiederholte sie, diesmal lauter und mit einem leicht scharfen Unterton in der Stimme.

„Domina, Herrin meines Herzens, verzeiht mir, aber die Ereignisse verlangten meine Anwesenheit."

„Trotzdem muss Strafe sein!", sagte sie mit erhobener Stimme und zog aus einem ihrer Stiefel eine Reitgerte, die sie klatschend gegen dessen Stiefelschaft schlug.

Wortlos löste er die Bänder seines Wamses und zog es aus, dann drehte er ihr den Rücken zu und beugte leicht den Kopf.

„Herrin, ich bitte um Verzeihung."

Sie hob die Gerte und gab ihm fünf nicht allzu starke Streiche auf den Rücken, die feine Striemen auf der Haut hinterließen. Während der Bestrafung gab er keinen Laut von sich.

Als sie die Gerte zur Seite legte, drehte er sich um und sah sie mit glühenden Augen an. „Du hast es gewagt, mich zu schlagen!" Dann trat er auf sie zu und löste behände die Bänder ihres Mieders. Ein paar Minuten später wälzten sich die beiden in enger Umarmung nackt auf der Strohmatratze des Bettes.

Die Kerze war fast heruntergebrannt, als sich Florian Geyer erhob. Er trank einige tiefe Züge Wein, dann griff er nach seinen Hosen. „Ich muss zurück zu meinen Bauern, damit sie nicht auf dumme Gedanken kommen", erklärte er. „Komm morgen früh in mein Zelt. Es kann sein, dass ich einen Auftrag für dich habe."

Sie nickte und stand ebenfalls auf. Während sie sich mit den Fingern durchs Haar fuhr, konnte er ihren wohlgeformten Körper bewundern, den das Wams und die Landsknechtshosen vollkommen verborgen hatten. Florian Geyer musste an sich halten, um sie nicht noch einmal zu lieben, rief sich aber zur Ordnung. Er musste wirklich zurück.

Während er seine Stiefel anzog und das Schwert am Gürtel befestigte, bückte sie sich und benutzte ohne Scham das tönerne Nachtgeschirr, das unter dem Bett stand. Dann trat sie ans

Fenster und schüttete den Inhalt auf die Gasse. Eine übliche Gepflogenheit dieser Zeit.

Domina begann sich anzukleiden. Ihre Schweigsamkeit war ungewöhnlich, deshalb fragte er: „Bedrückt dich etwas?"

„Es sind schlimme Zeiten, in denen wir leben. Die Stürme des Krieges haben uns zusammengetrieben. Werden sie uns auch wieder trennen?"

Florian Geyer trat zu ihr und nahm ihr Gesicht in die Hände. „Denk nicht darüber nach. Heute leben wir und konnten für eine kurze Zeitspanne glücklich sein. Niemand weiß, was der morgige Tag bringt." Er gab ihr einen letzten Kuss, dann griff er nach seinem Hut, hob seine Hand zum Gruß und verließ die Stube.

Domina hatte er vor zwei Wochen kennengelernt. Sie war eine der zahlreichen Marketenderinnen im Tross, die den Haufen der aufständischen Bauern folgten. Viele der Marketenderinnen waren Ehefrauen der mitziehenden Soldaten, andere folgten so den Haufen und lebten mit und von den Aufständischen. Sie verkauften den Männern allerlei Utensilien des täglichen Lebens, die die Soldaten nicht mit sich führen konnten. Sie kochten vor ihren Zelten und versorgten sie, wenn sie verwundet waren. Die eine oder andere bot auch ihre Liebesdienste an.

Domina war eine jener Frauen, die sich die Männer bisher beherzt vom Leib gehalten hatte, was bei ihrer Schönheit nicht immer leicht war. Erst als sie Florian Geyer begegnet war, war ihr Widerstand zusammengebrochen. Es war Liebe auf den ersten Blick gewesen. Seitdem trafen sie sich in Gasthäusern, um bei den Bauern des Schwarzen Haufens keine Neidgedanken aufkommen zu lassen.

Im Schankraum legte Florian Geyer eine Münze auf den Tisch, dann trat er nach draußen auf die Gasse. Es war niemand zu sehen. Mit weit ausholenden Schritten marschierte er in Richtung Zeltlager. Am Horizont zeigte sich schon der erste Silberstreif des neuen Tages.

Tags darauf, am 7. Mai des Jahres 1525, näherten sich weitere aufständische Bauern aus östlicher und nördlicher Richtung Würzburg. Der Taubertal-Fränkische Haufen lagerte bei Heidingsfeld, der Neckartal-Odenwälder-Haufen versammelte sich bei Höchberg.

Die Führer der beiden Haufen trafen sich mit dem Würzburger Rat der Stadt und verlangten, dass sich die Stadt den Aufständischen anschloss. Sie drohten, dass man anderenfalls die Weinberge rund um die Stadt und damit eine wesentliche Lebensgrundlage der Bürger zerstören würde. Wohl oder übel beugten sich die Würzburger. Später kamen noch Haufen aus dem Steigerwald, aus Karlstadt und Schweinfurt hinzu und schlossen sich in und um Würzburg zusammen. Sie begannen, die Besatzung auf der Festung Marienberg zu belagern. Insgesamt stand hier eine Streitmacht von etwa zwanzigtausend Mann.

Am 9. Mai 1525 überbrachten die Belagerer der Festungsbesatzung die Aufforderung, die Burg zu übergeben. Die Verhandlungen führten jedoch zu keinem Ergebnis.

Am nächsten Tag bildete sich aus den Bauernhaufen ein Oberster Rat, der erneut mit der Festungsbesatzung wegen einer Übergabe verhandelte, diese wurde jedoch erneut abgelehnt. Daraufhin verlangte die Würzburger Bürgerschaft die Zerstörung der Festung. Götz von Berlichingen und Florian Geyer versuchten, dies zunächst zu verhindern. Insgesamt bestanden unter den Führern der Haufen Meinungsverschiedenheiten über die Strategie und Vorgehensweise. Hinzu kam ein Zwist zwischen den Bauernhaufen und den Würzburger Bürgern, die nach wie vor kategorisch die Zerstörung der Festung forderten.

Als Götz von Berlichingen am 14. Mai 1525 einen Sturm auf die Festung verhinderte, begann man, ihm gegenüber misstrauisch zu werden. Betrieb der Ritter ein falsches Spiel? Man verdächtigte ihn, den Kommandanten der Festung von den Eroberungsplänen der Bauern unterrichtet zu haben. Weiter stand er unter dem Verdacht, die Späher der Festungsbesatzung durch die eigenen Reihen schlüpfen zu lassen, um die Bauern auszukundschaften. Dieser Verdacht sollte sich später bestätigen.

Mittlerweile wurden weitere Geschütze aus Tauberbischofsheim herangeführt und der Beschuss der Festung begann. Als Antwort darauf beschoss die Festungsbesatzung nicht die Bauern, sondern die Stadt selbst. Viele Bürger flüchteten und brachten sich auf Flößen unter den Brückenbögen der Alten Mainbrücke in Sicherheit.

Als in der Nacht des 15. Mai 1525 der Tauberbischofsheimer Haufen den Frauenberg stürmte, waren die Belagerten gut vorbereitet und schlugen den Angriff zurück. Die Bauern erlitten hohe Verluste.

Da die Kanonen der Bauern zu schwach waren, um aus größerer Distanz den Mauern merkliche Schäden zuzufügen, begann man, in den Weingärten neue Schanzen auszuheben, und beschoss die Festung erneut. Aber auch dieser Angriff brachte keine besseren Ergebnisse für die Bauern.

Die Festungsbesatzung hielt so lange durch, bis Truchsess von Waldburg mit dem verbündeten schwäbischen Fürstenheer zum Entsatz heranrückte. Unterwegs schlug er das Bauernheer bei Königshofen, Tauberbischofsheim und Ingolstadt vernichtend. Götz von Berlichingen hatte sich rechtzeitig davongestohlen und entkam so der Rache der Bauern.

Wilhelm von Grumbach, der ein Schwager Florian Geyers war und im Bauernkrieg auf Seiten des Fürstbischofs kämpfte, hatte sich mit einigen Männern unter dem Vorwand, ein Überläufer zu sein, in das Heerlager der Bauern eingeschlichen. Wenig später war es ihm gelungen, den verwundeten Florian Geyer zu überwältigen und in die Festung Marienberg zu verschleppen. Der Fürstbischof hatte angeordnet, ihn vom Turm der Festung zu stürzen. Florian Geyer war es jedoch gelungen, zu fliehen. Nach der völligen Auflösung des Bauernheeres hatte er sich mit wenigen Getreuen, darunter auch die Marketenderin Domina, nach Würzburg in den Gressenhof geflüchtet. Zusammen mit einigen Gesinnungsgenossen überlegte er, wie man die Stadt gegen die herannahenden fürstlichen Truppen verteidigen könne. Doch es war zu spät. Der Rat hatte bereits die Übergabe der Stadt und die Schließung der Tore beschlossen.

„Liebster, wir müssen fliehen, sonst ist es zu spät!" Domina saß an Florians Lager, auf das er sich für kurze Zeit niedergelassen hatte, damit sie ihm seine schwere Wunde verbinden konnte. „Der Rat hat die Stadttore schließen lassen. Sie werden sich auf Gedeih und Verderb ergeben. Der Gressenwirt hat mir gesagt, dass er heute Nacht noch eine Möglichkeit hat, uns aus der Stadt hinausbringen zu lassen." Sie warf einen besorgten Blick auf die Wunde, die immer noch stark blutete und den frischen Leinenverband bereits wieder durchtränkte.

Der Ritter stöhne leise, als er sich aufrichtete und gestützt von Domina vom Lager erhob.

„Dann muss es wohl sein", stellte er verbittert fest und befestigte das Schwertgehänge am Gürtel. Mit zusammengebissenen Zähnen folgte er Domina hinaus.

„Trinkt noch einen Schluck zur Stärkung", empfahl der Wirt und reichte Florian Geyer einen Humpen mit Wein.

„Hier ist noch eine Wegzehrung. Geht zum westlichen Stadttor. Dort hat heute Nacht mein Vetter Wache. Er weiß Bescheid und wird Euch passieren lassen. Draußen steht ein kleiner Leiterwagen mit einem Pferd. Seht zu, dass Ihr schnell in die Wälder kommt. Nur so gibt es ein Entkommen.“

Nachdem Florian Geyer getrunken hatte, reichte er den Humpen an Domina weiter, die ebenfalls einen langen Zug nahm, dann bedankten sie sich bei dem Wirt und verließen das Gasthaus. In einem Bündel trug Domina das Nötigste mit sich, ein Stück Brot, etwas harten Käse, einen Holzbecher, Feuersteine und einige Streifen sauberes Leinen, um die Wunde versorgen zu können. Ihre einzige Waffe war ein Messer, das sie in einer Scheide am Gürtel trug.

Die Nacht des 9. Juni lag über Würzburg. Die Stadt erwartete mit Sorge die Ankunft des siegreichen Fürstenheers und des Fürstbischofs, dem sie sich auf Gedeih und Verderb unterworfen hatte. Conrad von Thüngen zog am nächsten Tag mit seinen Truppen in Würzburg ein und hielt ein grausames Gericht. Auf dem Marktplatz, vor dem „Grünen Baum“ und am Rennweg ließ er bei Schauhinrichtungen Hunderten von Gefangenen den Kopf abschlagen.

Florian Geyer und Domina hatten das Stadttor ohne Probleme passieren können. Wie versprochen hatten sie das alte Bauerngefährt vorgefunden. Das Pferd war eine alte Schindmähre, die sich erst nach mehrmaliger Aufforderung widerwillig ins Zuggeschirr legte. Domina hatte die Zügel übernommen, damit sich ihr Geliebter auf dem Stroh, das auf der Ladefläche aufgeschüttet war, niederlegen konnte. Und obwohl das alte Pferd nur im Schritt vorankam, erreichten die beiden Flüchtigen bis zum Abend des nächsten Tages die Ausläufer des Gramschatzer Waldes. Mehrmals hatten sie sich verstecken müssen, wenn unbekannte Reiterei in ihrer Nähe auftauchte. Sie waren sich sicher, dass Wilhelm von Grumbach Geyer verfolgen ließ.

Dieser litt mittlerweile unter leichtem Fieber. Domina sah die Wunde in seiner Seite mit Besorgnis. Sie hatte im Krieg schon zahllose Verwundungen gesehen und wusste, dass die Verletzung ihres Geliebten kritisch war. Auf jeden Fall musste sie etwas unternehmen, um Wundfäule zu verhindern. Leider hatte sie ihre Kräuterapotheke zurücklassen müssen. Es blieb ihr nur die Möglichkeit, die Wunde auszubrennen. Eine Tortur, die auch für einen starken Mann nur schwer zu ertragen war.

An einem schmalen Bachlauf hielt Domina an. Das Pferd brauchte Ruhe und der Verletzte musste versorgt werden. Vorsichtig half sie Florian vom Wagen und bettete ihn am Rande des Baches unter dem Blätterdach einer ausladenden Eiche. Mit Hilfe von Zunder und den Feuersteinen entzündete sie ein kleines Lagerfeuer. Aus dem Bach schöpfte sie frisches Wasser und gab Florian Geyer zu trinken. Dann legte sie ihm einen nassen Lappen auf die heiße Stirn.

„Liebster, ich muss dir jetzt heftige Schmerzen zufügen, denn deine Wunde muss ausgebrannt werden. Sonst vergiftet sie dein Blut und du musst sterben.“

Florian Geyer nickte nur erschöpft. Er wusste, was auf ihn zukam. Schon oft hatte er diese Prozedur bei Wundärzten auf dem Schlachtfeld beobachtet.

Domina zog Geyers Dolch aus der Scheide und legte ihn in die Glut des Feuers. Dann öffnete sie das Wams des Liegenden und legte die Wunde frei. Die Verletzung, die von einem Hellebardenstich stammte, zeigte nur noch eine leichte Sickerblutung, war aber dunkelrot und angeschwollen.

Als die Schneide des Dolches weißrot glühte, legte sie Florian Geyer einen gut daumendicken Ast in den Mund, damit er sich im Schmerz nicht auf die Zunge biss. Dann nahm sie das glühende Eisen aus der Glut und legte sich mit ihrem gesamten Gewicht auf den Oberkörper des Verletzten. Ohne Zögern presste sie dann den Dolch mit der Breitseite auf die Wunde. Sie spürte, wie sich der Verletzte krampfartig unter ihr aufbäumte und aus seinem Mund gepresste Schreie kamen, die durch den Holzknebel unterdrückt wurden. Das verbrannte Gewebe zischte und der beißende Gestank von versengtem Fleisch stieg ihr in die Nase. Sie biss die Zähne zusammen und drückte das Eisen so lange auf die Wunde, bis jede Stelle gründlich ausgebrannt war.

Florian Geyer hatte sich in den letzten Augenblicken nicht mehr gerührt. Als sie sich schweißüberströmt von der Anstrengung von ihm löste, bemerkte sie, dass ihn eine gnädige Ohnmacht ereilt hatte. Erneut verband sie die Verletzung. Jetzt konnte sie nur hoffen, mit dieser Behandlung die Wundfäule rechtzeitig aufgehalten zu haben. Wenig später legte sie Holz nach, dann schmiegte sie sich eng an den Verwundeten, der nun plötzlich von Schüttelfrost befallen wurde, und wachte. Irgendwann in der Nacht wurde sie vom Schlaf übermannt.

Sie erwachte vom lauten Wiehern eines Pferdes. Erschrocken riss sie die Augen auf und versuchte, schlaftrunken auf die Füße zu kommen. Florian Geyer lag nicht mehr neben ihr. In der Morgendämmerung, die langsam durch die Äste der Bäume sickerte, konnte sie ihn schemenhaft ein Stück entfernt stehen sehen. Als er bemerkte, dass sie wach geworden war, legte er einen Finger auf die Lippen. Dann deutete er in den Wald hinein.

Jetzt hörte auch sie das Aneinanderschlagen von Metallzeug und dumpfen Hufschlag. In diesem Augenblick stieß ihr eigenes Pferd, das sie am Leiterwagen angebunden hatten, ein lautes Wiehern aus, das sofort aus dem Wald beantwortet wurde.

„Es sind mindestens zwei Berittene. Vermutlich Männer des Grumbach“, raunte er ihr zu und zog langsam sein Schwert aus der Scheide. Man konnte sehen, welch heftige Schmerzen ihm diese Bewegung bereitete.

„Versteck dich“, verlangte der Ritter. „Sie haben uns bemerkt.“

Domina schüttelte den Kopf. Sie zog ihr Messer aus dem Gürtel und machte sich bereit. „Wenn du stirbst, sterbe ich auch“, sagte sie entschlossen. Florian war klar, dass sie sich nicht davon abbringen lassen würde.

In diesem Augenblick waren zwei Reiter zu erkennen, die sich langsam aus der Dämmerung herausschälten. Sie kamen schnell näher und betrachteten die Flüchtigen mit grimmigen Mienen. Wie auf ein geheimes Kommando zügelten sie ihre Pferde, sprangen aus den Sätteln, zogen ihre Schwerter und drangen auf sie ein.

Florian Geyer richtete sich trotz seiner Verletzung auf und stellte sich unter Mobilisierung seiner letzten Kräfte den Angreifern. Domina bückte sich nach Geyers Dolch, der noch immer neben dem Feuer auf der Erde lag, und wollte mit dieser geeigneteren Waffe auf die beiden Männer losgehen.

„Geh zurück“, keuchte der Ritter und verstellte ihr den Weg. Da waren die beiden auch schon heran. Sie waren erfahrene Kämpfer und sahen sofort, dass ihr Gegner verletzt war. Das metallische Aufeinanderschlagen der Schwerter hallte durch den dämmrigen Wald. Mit schmerzverzerrtem Gesicht wehrte Florian Geyer den ersten Angriff ab. Damit war seine Kraft erschöpft. Als die beiden nun von verschiedenen Seiten auf ihn einschlugen, bekam er seine Waffe nur noch einmal in die Höhe, dann fuhr ihm die Spitze des Schwertes des von links kommenden Mannes in die Seite. Kurz darauf, als er schon zusammenbrach, folgte ein Hieb gegen den Hals, der die Halsschlagader traf. Blutüberströmt brach Florian Geyer zusammen. Domina stieß einen verzweifelten, unartikulierten Schrei aus, dann ging sie wie eine Berserkerin mit dem Dolch auf die Bewaffneten los.

Die beiden stießen nur ein hämisches Lachen aus, dann holte der eine mit dem Schwert aus und schlug ihr mit der flachen Seite der Klinge gegen den Kopf. Wie ein gefällter Baum brach sie neben ihrem Geliebten zusammen.

Die beiden Männer verständigten sich kurz, dann spannten sie den alten Gaul vor den Karren. Sie packten den verbluteten Ritter, warfen ihn auf die Ladefläche und deckten ihn mit Zweigen zu, die sie mit den Schwertern von den Bäumen hieben. Dann schritten sie in den Wald hinein. Nach kurzer Zeit hatten sie eine schmale, mannshohe Bodenspalte gefunden, in der trotz der schon seit Wochen herrschenden Trockenheit Regenwasser stand. Der Boden bestand aus einer lehmhaltigen Schicht, die das Wasser nicht versickern ließ. Dieser Ort erschien ihnen für ihr Vorhaben geeignet. Sie gingen zurück.

Als sie sich der Lagerstätte näherten, hörten sie Domina stöhnen. Sie erwachte gerade aus ihrer Ohnmacht. Die beiden Männer verständigten sich mit einem Blick, dann zog der Jüngere seinen Dolch und stieß ihn ihr ohne Zögern ins Herz. Durch ihren Körper lief ein kurzes Zittern, dann entwich ihrem Mund der letzte Atem. Die beiden packten sie an Händen und Füßen und schleppten sie zu der Bodenspalte. Mit einem Klatschen fiel der Leichnam ins Wasser. Den Dolch ließen sie stecken. Stattdessen schob der Jüngere Florian Geyers Dolch in seine Scheide – als Beweis für die Ausführung des Auftrags.

Zurück bei den Pferden, beseitigten sie notdürftig die Spuren des Lagerfeuers und verließen die Stelle.

Sie hatten ihren Auftrag ausgeführt und konnten mit einer Belohnung rechnen. Die Leiche Florian Geyers würden sie an einer geeigneten Stelle verbrennen. Ihr Auftraggeber hatte kein Interesse daran, einen Märtyrer zu schaffen.

IN DIESEN TAGEN

Die Eiche war alt. Selbst für diese Baumart, die bei günstigen Verhältnissen mehrere hundert Jahre alt werden konnte, war die Wotanseiche im Gramschatzer Wald ein Methusalem. Fast fünfhundert Jahre stand sie nun an ihrem Platz und trieb noch immer jedes Jahr ihren Saft in ein dichtes grünes Blätterdach. Ihr säulenartiger Stamm bildete die massive Basis für die gewaltige Krone, die alle anderen Bäume in ihrer Umgebung majestätisch überragte und in den Schatten stellte. Jetzt, im Frühsommer, bot der Baum zahlreichen Vögeln und Insekten Heimat und Nahrung. Im unteren Bereich des Stammes war ein kleines Messingschild befestigt, das die Aufschrift „Naturdenkmal" trug.

Die Meteorologen hatten für Unterfranken für die Nacht von Freitag auf Samstag ein Sturmtief vorausgesagt, dessen Dimensionen sogar den legendären Sturm Wiebke als laue Brise erscheinen lassen sollten. Letzterer hatte 1990 Spitzengeschwindigkeiten von 200 Stundenkilometer erreicht, fünfunddreißig Todesopfer gefordert und in den deutschen Wäldern eine breite Spur schrecklicher Verwüstung hinterlassen. Das neue Tief trug zufälligerweise den bezeichnenden Namen Xanthippe.

Xanthippe erreichte am Freitag gegen 23 Uhr Unterfranken. Sie streifte Estenfeld, fegte über Rimpar hinweg, deckte dort auf seiner Bahn mehrere Wohnhäuser ab, entwurzelte einige Bäume und raste dann auf den Gramschatzer Wald zu. Dort zog sie eine Schneise der Verwüstung. Die Wucht des Sturmes war so stark, dass die starke Krone der Wotanseiche dem Baum zum Verhängnis wurde. Der Orkan verfing sich im dichten Blätterdach wie in einem Segel und hebelte den unsterblich scheinenden Baumriesen mit geradezu spielerischer Leichtigkeit aus dem angestammten Erdreich. Ein mehrere Meter messender Wurzelstock hinterließ im Waldboden einen tiefen Krater.

Nach kurzer Frist zog Xanthippe weiter und raste auf Schweinfurt zu.

Öchsle machte einen erschrockenen Satz zur Seite und ließ einen verhaltenen Beller hören. Der fuchsfarbene Wallach, eines der beiden Pferde, die den gummibereiften Planwagen zogen, hatte den buschigen Schweif angehoben und einige lautstarke Blähungen in die frische Waldluft entlassen. Umgehend folgte eine größere Ladung Pferdeäpfel, die auf den grasigen Waldweg fielen. Für den Rüden, einen ausgesprochenen Stadthund, der mit den Geräuschen von Straßenbahnen und Omnibussen keinerlei Probleme hatte, Pferde aber offenbar für gefährliche Wesen hielt, eine ausgesprochen neue Erfahrung. Das Verhalten des Hundes löste bei den Männern auf dem Planwagen heftiges Gelächter aus.

„Ich dachte eigentlich, dein Öchsle ist als abgehärteter Polizeihund schussfest", lästerte Ron Schneider.

„Ist er auch", gab Erich Rottmann zurück, „aber das sind ja biologische Waffen."

Ron Schneider hob sein Weinglas. „Auf Öchsle!", rief er und die anderen stimmten mit ein.

Ron Schneider, der ehemalige Leiter einer großen Würzburger Anwaltskanzlei, feierte einen runden Geburtstag und hatte am Sonntag aus diesem Anlass einen pferdegezogenen Planwagen gemietet, auf dessen Ladefläche Tische und Bänke montiert waren, so dass die Mitglieder des Stammtisches *Die Schoppenfetzer* bequem Platz fanden. Zunächst glaubten sie, die Fahrt könne wegen des Orkans nicht stattfinden. Aber der Veranstalter hatte nach dem Sturm die geplante Strecke mit dem Geländewagen geprüft und mit der Motorsäge einige auf dem Weg liegende Stämme beseitigt. Der Forstweg war jetzt frei, doch an manchen Stellen konnte man, wenn man in den Wald hineinsah, die Schneise sehen, die der Sturm in den Wald gerissen hatte. Dort lagen Bäume wie Mikadostäbe kreuz und quer übereinander.

Mit zwei Kisten Wein ausgestattet, bestand für die Herren keine Gefahr, unterwegs verdursten zu müssen. Öchsle trabte locker neben dem Gefährt her und machte sich einen Spaß daraus, links und rechts des Weges alles mit der Nase zu erforschen.

Ihr erstes Etappenziel sollte die Einkehr *Einsiedel* zwischen Rimpar und Gramschatz sein. Etwa einen Kilometer vor dem ersten Halt zügelte der Kutscher plötzlich sein Pferd.

„Pinkelpause?", fragte Xaver Marschmann, der gerade wieder mal eines seiner Histörchen aus seiner Zeit als Undercover-Agent bei der Kriminalpolizei zum Besten gegeben hatte.

„Wer muss, kann natürlich", gab der Kutscher zurück, „aber des is eichentlich nit der Grund, warum ich anhalt. Schaut a mal da nüber." Er wies mit der behandschuhten Hand seitlich in den Wald hinein. „Da drüwe hat die Xandippe zugschlache. Da war a mal die riesiche Wotanseche gstanne. Üwer fünfhunnert Jahr ist der Baum alt worn und jetzt hat'n der Sturm umgeblase, als wenns a Streichholz gewäse wär. Des muss mer efach gsänn hab!"

Die Schoppenfetzer reckten die Hälse und konnten nur einen riesigen Erdhaufen erkennen.

„Ihr müsst scho a Stück näher hingeh. Um den Baum is es fei wirkli echt schad."

Besonders Erich Rottmann, der ja gebürtiger Gramschatzer war und die Wotanseiche bestens kannte, nahm diese Information mit Erschütterung zur Kenntnis. Er stieg vom Planwagen und die anderen folgten ihm. Öchsle, der sich freute, dass sein Herrchen wieder einmal vom Wagen herabstieg, rannte den *Schoppenfetzern* schwanzwedelnd voraus.

Plötzlich verharrte der Rüde in der Nähe des riesigen Wurzelstocks, als wäre er gegen eine Mauer gelaufen, und gab ein tiefes Bellen von sich.

Erich Rottmann, der der Gruppe ein Stück vorauslief, hob verwundert den Kopf. Wenn sein vierbeiniger Freund so bellte, hatte er etwas Verdächtiges entdeckt.

Wenig später stand der ehemalige Leiter der Würzburger Mordkommission am Rande des Lochs, in dem früher einmal die massiven Wurzeln der alten Eiche im Boden verankert gewesen waren. Wie klagend erhobene Arme ragten die brutal ausgerissenen Wurzeln in den Himmel. Angestrengt spähte Rottmann hinunter in das Loch, um herauszufinden, was die Aufmerksamkeit seines Hundes geweckt hatte.

Die Sonne fiel schräg durch die vom Sturm geschlagene Schneise, so dass er geblendet wurde. Rottmann beschattete seine Augen mit der Hand. Zunächst bemerkte er nichts Auffälliges. Dann entdeckte er eine weißliche Stelle im Erdreich, die ihm merkwürdig vorkam, weil sie so gar nicht in die Umgebung passte.

Xaver Marschmann gesellte sich zu seinem Stammtischbruder. „Das ist irgendein alter Stofflappen“, vermutete er und wollte sich schon wieder umdrehen, als Erich Rottmann ihn um das kleine Fernglas bat, das Marschmann um den Hals trug. Schulterzuckend gab er es ihm.

Nachdem der Exkommissar eine Weile an der Fokussierung herumgeschraubt hatte, gab er ein zufriedenes Brummen von sich.

„Na, hast du einen Schatz entdeckt?", frotzelte Marschmann und hängte sich das Fernglas wieder um den Hals.

„Keinen Schatz, aber wahrscheinlich eine Leiche!", gab Rottmann trocken zurück, während er schon Anstalten machte, in das Loch hinabzusteigen.

Xaver Marschmann sah seinen Stammtischbruder entgeistert an. „Wo soll denn hier eine Leiche herkommen? Der Baum ist doch erst heute Nacht umgekippt. Da müsste ja gleich nach dem Sturm jemand hier einen Toten vergraben haben."

Dr. Horst Ritter, ehemaliger Leitender Oberstaatsanwalt in Würzburg und ebenfalls Stammtischmitglied, hatte die letzten Worte von Xaver Marschmann mitbekommen.

„Was für einen Toten?", fragte er verwundert und beobachtete kopfschüttelnd Rottmann, der zwischenzeitlich langsam die steile, rutschige Kraterwand hinunterkletterte. Der Boden war weich und nachgiebig, aber die Wurzelreste, die im Erdreich stecken geblieben waren, als der Sturm den Baum fällte, gaben ihm ausreichend Halt.

„Erich, was machst du denn?", rief ihm Ritter nach. „Wir wollen doch weiter!"

Xaver Marschmann klärte seinen Stammtischbruder mit einigen Worten auf, worauf der nur ergeben die Augen zum Himmel drehte. Er wusste: Wenn sich Rottmann etwas in den Kopf gesetzt hatte, war er nicht davon abzubringen.

Öchsle trippelte nervös am Kraterrand herum und winselte.

„Du bleibst schön oben", rief Rottmann von unten herauf. Nach der Hälfte der Strecke stieß er plötzlich einen heiseren Schrei aus, weil es ihm an einer besonders glatten Stelle die Beine wegzog. Auf dem stabilen Hosenboden seiner Cordhose rutschte er unfreiwillig ziemlich schnell die verbliebenen beiden Meter hinunter zum Grund des Loches.

„Alles in Ordnung bei dir?“ Xaver Marschmann klang besorgt.

„Alles klar“, rief Rottmann und winkte kurz herauf, dann beugte er sich über die Stelle am Boden, wegen der er den Abstieg unternommen hatte.

Die übrigen Schoppenfetzer standen mittlerweile alle um den Krater versammelt und beobachteten, wie der Exkommissar mit einem abgebrochenen Wurzelstück vorsichtig im Erdreich herumkratzte. Nach einer Minute erhob er sich, warf das Wurzelstück zur Seite und sah zu seinen Stammtischbrüdern hinauf.

„Hier liegt wirklich eine Tote“, erklärte er knapp, dann begann er wieder mit dem Aufstieg. Aufwärts ging es wesentlich langsamer als abwärts. Als er schließlich den Kraterrand mit Hilfe der ihm entgegengestreckten Hände der Kollegen überwunden hatte, blieb er keuchend und nach vorne gebeugt stehen und schöpfte Atem. Dabei hatte er Mühe, Öchsle abzuwehren, der überglücklich war, sein Herrchen wieder bei sich zu haben.

„Was ist denn jetzt?“, wollte Horst Ritter ungeduldig wissen, dem die Erholungsphase seines Schoppenfreundes viel zu lange dauerte.

Nachdem Rottmann wieder einigermaßen bei Atem war, erklärte er: „Leute, das da unten ist tatsächlich eine Leiche. Soweit ich das erkennen konnte, eine weibliche. Es schaut ja nur das Gesicht aus der Erde heraus.“

„Du meinst wirklich, dass da unten ein menschlicher Leichnam liegt? Und nicht vielleicht eine alte Schaufensterpuppe, die irgendwann einmal hier im Wald entsorgt wurde?“ Ron Schneider hatte sichtlich Zweifel.

Erich Rottmann, der in der Tasche seiner total verschmutzten Hose nach seinem Mobiltelefon fischte, reagierte ärgerlich.

„Auf so eine Frage gebe ich überhaupt keine Antwort", knurrte er, während er eine Kurzwahltaste betätigte.

Kriminalhauptkommissar Florian Deichler, ehemaliger Mitarbeiter Erich Rottmanns in der Mordkommission, meldete sich nach dem zweiten Läuten.

„Erich, grüß dich", sagte er. Er hatte Rottmanns Nummer sofort erkannt. „Du weißt aber schon, dass es Sonntag ist, wir schönstes Wetter haben und ich gerade auf dem Weg zum Ellertshäuser See bin, um mit Freunden zu grillen. Überleg dir also gut, was du jetzt sagst!"

Rottmann räusperte sich. „Das tut mir jetzt wirklich leid, aber ich fürchte, aus deinem Ausflug wird nichts. Ich bin gerade mit meinen Stammtischbrüdern im Gramschatzer Wald. Da habe ich durch Zufall in dem Loch, das ein vom Sturm umgestürzter Baum gerissen hat, eine Tote entdeckt. Na ja, eigentlich hat Öchsle sie entdeckt."

„Verdammt noch mal, Erich, du solltest wirklich nicht mehr das Haus verlassen dürfen. Ruf doch bitte den Kriminaldauerdienst an. Die sollen sich um die Leiche kümmern. Dafür sind sie ja schließlich da."

„Hätte ich normalerweise auch gemacht", gab Rottmann mit bedauerndem Unterton zurück, „aber die Geschichte ist höchst merkwürdig. Die Tote liegt direkt unter den Wurzeln einer angeblich fünfhundert Jahre alten Eiche, die heute Nacht entwurzelt wurde. Komischerweise sieht die Frau aber aus, als wäre sie erst gestern dort begraben worden. Da muss wirklich ein Fachmann ran!"

Am Telefon bleib es einen Moment still. Rottmann hörte nur ärgerliches Atmen, dann kam es wütend aus dem Hörer: „Verdammt noch einmal, ich komme! Sag mir, wo du bist."

Rottmann erklärte dem in der Zwischenzeit zum stellvertretenden Leiter der Würzburger Mordkommission beförderten Exkollegen, wo er war und wie er am schnellsten dorthin kam. Auf seinen Vorschlag, doch gleich die Spurensicherung und den Rechtsmediziner zu verständigen, erwiderte Deichler nur knapp: „Diese Leiche will ich mir erst einmal selbst ansehen, ehe ich hier alle rebellisch mache."

Rottmanns Stammtischbrüder, die sich zwischenzeitlich alle die Leiche bzw. das, was von ihr zu sehen war, betrachtet hatten, traten vom Krater zurück. Ron Schneider meinte etwas spitz: „Eigentlich hatte ich mir meinen Geburtstagsausflug nicht als Totenwache vorgestellt."

Erich Rottmann winkte ab. „Selbstverständlich setzt ihr die Kutschfahrt fort. Ich bleibe hier und warte auf die Kollegen. Das hat nun leider mal Priorität. Das verstehst du doch, oder? Ich fahre dann mit Deichler in die Stadt zurück."

Es gab ein ziemliches Palaver, weil die Schoppenfetzer die Fahrt nicht ohne Erich Rottmann fortsetzen wollten, aber als der Kutscher darauf hinwies, dass er heute noch in den Stall zurückkehren wolle, ließen sich die Herren überreden. Ein paar Minuten später saßen sie auf und der Planwagen rollte davon. Rottmann winkte ihnen nach, dann setzte er sich auf einen umgestürzten Baumstamm und lauschte dem Konzert der Vögel, das man in dieser Intensität in der Stadt nicht zu hören bekam. Öchsle schmiegte sich an seine Beine.

Eigentlich schade, dachte Rottmann, die Kutschfahrt hatte ihm Spaß gemacht. Aber die Pflicht ging nun einmal vor.

Es dauerte eine knappe Dreiviertelstunde, dann kam ein Pkw den Forstweg entlanggefahren. Es war Deichlers alter Mitsubishi. Rottmann erhob sich, damit der Kommissar ihn sehen konnte.

„Du hast aber auch wirklich ein Talent, einem den Sonntag zu verderben", grantelte Deichler, während er die Fahrertür zuknallte. Er trug Shorts, ein darüberhängendes Hawaiihemd sowie Sandalen. Öchsle begrüßte ihn stürmisch und leckte ihm mit Hingabe die nackten Beine.

„Also, wo ist denn jetzt diese Leiche?“, fragte Deichler und sah Rottmann fragend an.

„Komm mit“, sagte der nur knapp und marschierte in Richtung Wotanseiche.

Als Rottmann ihm die Stelle zeigte, kniff der Beamte die Augen leicht zusammen.

„Vor hier aus kann man ja nichts erkennen“, murmelte er und musterte skeptisch den Krater.

„Ich war vorhin schon unten“, erklärte Rottmann und wies mit der Hand auf seine verdreckte Hose, auf der die Erde schon langsam angetrocknet war. Mit einem kritischen Blick auf das leichte Schuhwerk Deichlers, fragte er: „Hast du keine Gummistiefel im Auto?“

Der Kriminalbeamte brummte etwas Unverständliches in seinen nicht vorhandenen Bart, dann eilte er zu seinem Fahrzeug zurück, öffnete den Kofferraum und hielt ein paar Gummistiefel in der Hand.

„Na, wer sagt's denn.“ Rottmann grinste leicht. „Meine Schule!“

„Hast du was angefasst?“, fragte Deichler beiläufig, während er am Loch stand und die Abstiegsroute überlegte. Er wusste, dass er mit dieser Frage Rottmann auf die Palme bringen konnte.

Wie erwartet polterte der Exkommissar los: „Ich habe schon Tatorte besichtigt, da hast du noch in die Windeln gesch…“ An Deichlers Miene merkte er schließlich, dass ihn sein ehemaliger Mitarbeiter hochgenommen hatte.

„Kleine Retourkutsche für den verdorbenen Sonntag“, konterte Deichler schmunzelnd und begann mit dem Abstieg. Dank des griffigen Profils der Stiefel fiel ihm das Klettern wesentlich leichter als zuvor Rottmann. Unten angekommen, zog er ein paar Gummihandschuhe aus der Hosentasche, streifte sie über und beugte sich über den Fund. Vorsichtig schob er etwas Erde zur Seite, dann verharrte er eine ganze Zeitlang in dieser Stellung. Schließlich richtete er sich wieder auf und machte sich ohne Kommentar an den Aufstieg. Oben wieder angekommen, zog er die Handschuhe aus, dann meinte er: „Du hast recht. Es handelt sich vermutlich um eine Frauenleiche, die praktisch keine Verwesungszeichen aufweist, soweit man das sehen kann. Das ist eigentlich unmöglich, weil sie ja seit ewigen Zeiten unter den Wurzeln dieses Baumes gelegen haben muss. Jedenfalls sind keinerlei Spuren zu erkennen, die darauf schließen lassen, dass man sie nach der Entwurzelung der Eiche, also praktisch heute Nacht, dort vergraben hat. Es gibt auch keinen Leichengeruch. Höchst mysteriös!“ Er schüttelte den Kopf. „Etwas, was es eigentlich gar nicht geben kann.“

Er holte sein Mobiltelefon aus der Tasche. „Jedenfalls müssen da die Spurensicherer und der Rechtsmediziner ran. Da ich nicht an Wunder glaube, bin ich wirklich gespannt auf deren Erklärung.“

Erich Rottmann rieb sich die Nase. Er fühlte plötzlich ein leichtes Kribbeln in seinem Riechorgan, das er immer verspürte, wenn er auf einen Kriminalfall gestoßen war.

Giseldis Forgér stellte den Laptop von ihren Oberschenkeln neben sich auf die Couch und stand auf. Ihr Nacken schmerzte. Seit zwei Stunden saß sie in sich versunken und grübelte über ihrer nächsten Glosse, die sie am Montag abgeben musste, damit sie wie gewohnt am Dienstag in der Mainpostille erscheinen konnte. „Gisis Randspitzen" war eine beliebte und oft auch gefürchtete Glosse, die ihren festen Platz stets in der rechten Spalte der Würzburg-Seite des Blattes hatte. Je nachdem, gegen wen sich ihre Spitzen richteten, wurde Gisi gefeiert oder gehasst. Dabei war ihr als unabhängiger Journalistin das eine genauso gleichgültig wie das andere.

Donald, im Sessel schräg gegenüber, nahm nur gelangweilt ihre plötzliche Aktivität zur Kenntnis, blieb ansonsten aber ruhig auf seinem Platz liegen, den schweren Kopf auf die Armlehne gebettet. Daisy hingegen, die unter dem Tisch lag, hob den Kopf und wedelte freudig mit ihrer langen Rute, wobei sie damit so heftig gegen das Tischbein schlug, als wolle sie es zertrümmern.

Donald und Daisy waren, wie der Leser bereits erraten haben dürfte, Giseldis Hunde. Schloss man von den Namen auf die Größe der Vierbeiner, stellte man sich vielleicht zwei zierliche Yorkshire-Terrier vor. Aber weit gefehlt! Es handelte sich um zwei Prachtexemplare Deutscher Doggen! Beide schwarzweiß gefleckt, Donald gute 80 Zentimeter und Daisy etwa

75 Zentimeter Schulterhöhe. Wenn die beiden sich in Giseldis' 18-Quadratmeter-Wohnzimmer ausstreckten, blieb für die Besitzerin kaum Platz zum Gehen. Erhoben sich die beiden Hunderiesen, war von Giseldis' ein Meter neunundfünfzig Körpergröße nur noch die Hälfte zu sehen.

Giseldis nahm eine Packung Zigaretten vom Tisch und zündete sich einen Stängel an. Mit halb geschlossenen Augen tat sie den ersten Zug, ließ den Rauch lange in der Lunge, um ihn dann langsam und genussvoll wieder herausströmen zu lassen. Dann schlenderte sie barfuß in die Küche und goss sich Rotwein aus einem geöffneten, halb vollen Bocksbeutel in ein Glas vom Vorabend, das auf der Anrichte stand, und nahm einen Schluck. Die meisten Weinkenner würden ihr zwar vehement widersprechen, aber sie war der Meinung, dass der herbe Geschmack der Dominarebe sich wundervoll mit dem Rauch in ihrem Mund zu einem Genuss besonderer Art vermengte.

Giseldis Forgér lehnte sich mit dem Rücken an die Anrichte, legte den einen Arm mit dem Glas in der Hand vor den Oberkörper und den Ellbogen des anderen Arms locker auf das Handgelenk des anderen. Die Hand mit der Zigarette zwischen Zeige- und Mittelfinger ragte dadurch wie eine rauchende Säule in die Höhe.

Es war wirklich ein Drama, sie hatte heute einen regelrechten Blackout. Es fiel ihr einfach nichts ein. Sie schüttelte ihre Kurzhaarfrisur zurecht, deren tiefes Rot im Licht der durch das Fenster hereinscheinenden Sonnenstrahlen glänzte.

Die schläfrige Inaktivität des Würzburger Stadtrats hatte sie schon so oft satirisch aufgespießt, dass sie nicht schon wieder auf diesem Thema herumreiten konnte. Außerdem war bei diesem Gremium sowieso Hopfen und Malz verloren, da änderte sich nichts. Das Thema Donald und Daisy und ihre

Streiche, das sie immer dann aufgriff, wenn ihr gar nichts mehr anderes einfiel, hatte sie erst bei der letzten Ausgabe strapaziert.

Sie nahm einen Schluck Wein, dann stieß sie sich von der Anrichte ab und ging zu einem kleinen Kasten direkt neben dem Kaffeeautomat. Die Ähnlichkeit mit einem Funkgerät war nicht zu übersehen. Sie schaltete den Apparat ein. Sofort drang eine männliche Stimme aus dem Lautsprecher.

Giseldis hatte sich diesen Radioscanner vor zwei Jahren zugelegt, weil er es ihr ermöglichte, den Funkverkehr der Polizei, der Feuerwehr und der Rettungskräfte abzuhören. Sicher keine legale Geschichte, aber das war ihr egal. Sie wusste, dass auch andere Reporter in der Redaktion über ein solches Gerät verfügten. Sie schob ihre dicke Hornbrille nach oben, legte den Kopf schief und lauschte.

„Ich wiederhole", sagte die Stimme in der Einsatzzentrale, „Leichenfund im Gramschatzer Wald, nahe dem Naturdenkmal ‚Wotanseiche'. Einsatz für den Kriminaldauerdienst und die Spurensicherung. Die Rechtsmedizin ist bereits verständigt. Ende."

Giseldis stellte das Weinglas auf die Anrichte und warf die halb aufgerauchte Zigarette in den Ausguss, wo einige dicke Wassertropfen ihrer Glut zischend den Garaus machten.

Die Reporterin suchte ihre Schuhe unter dem Couchtisch zusammen und schlüpfte hastig hinein. Die beiden Doggen hatten natürlich längst mitbekommen, dass ihre Herrin plötzlich Adrenalin produzierte. Von einer Sekunde auf die andere wurden sie lebhaft, sprangen auf die Läufe und beobachteten jede Bewegung ihres Frauchens, in der stillen Hoffnung, dass es mit ihnen Gassi gehen würde.

„Steht mir nicht im Weg herum, ihr zwei Süßen, ich muss los. Da kann ich euch nicht mitnehmen!"

Giseldis schob Donald zur Seite. Vielmehr wollte sie das tun, aber da hätte sie genauso gut den Versuch unternehmen können, den Türpfosten zu bewegen. Donald stand wie eine Mauer und wedelte, Daisy assistierte ihm, indem sie ihrem Frauchen auf der anderen Seite den Weg in den Flur versperrte.

„Mein Gott, ihr könnt vielleicht nerven!“, schimpfte Giseldis halbherzig. Sie nahm ihr digitales Aufnahmegerät, schnappte sich eine Jeansjacke und einen Umhängebeutel und quetschte sich an den beiden Hundekörpern vorbei zur Tür.

„Also, kommt schon mit, ihr Quälgeister“, gab sie nach und öffnete die Wohnungstür. Die beiden Doggen ließen sich nicht zweimal bitten. Giseldis gab einen spitzen Schrei von sich, als die beiden sich durch die Tür quetschten, wobei sie Mühe hatte, nicht an die Wand gedrückt zu werden. Ihr voraus setzten die zwei Kolosse mit wenigen Sprüngen die Treppe hinunter, dabei stießen sie ein hohes Fiepen aus, das so gar nicht zu ihrem Erscheinungsbild passte. In der Tiefgarage angekommen, öffnete Forgér die hintere Seitentür ihres knallroten Fiat Brava, die beiden Ungetüme stiegen ein und setzten sich erwartungsvoll hechelnd auf die Rücksitze, wobei sie die Köpfe einziehen mussten, um nicht gegen den Autohimmel zu stoßen.

Giseldis warf sich hinter das Steuer und schleuderte ihren Beutel auf den Beifahrersitz. Dann startete sie den Motor und gab Gas, wobei die Reifen auf dem glatten Beton der Tiefgarage quietschend durchdrehten. Unter Missachtung sämtlicher Vorfahrtsregeln bretterte sie auf die Straße hinaus, vorbei an einem kopfschüttelnden Rentner, der einen Zusammenstoß nur durch eine Notbremsung mit seinem Rollator verhinderte. Wütend schüttelte er ihr die Faust hinterher.

Giseldis Forgér durchquerte die Sanderau und fuhr in

Richtung Wittelsbacher Platz. Vorbei am Missionsärztlichen Institut, erreichte sie die B 19, die sie bei Estenfeld verließ, und schlug die Straße nach Rimpar ein. Von dort aus waren es nur noch wenige Kilometer bis zum Gramschatzer Wald und zu ihrem Ziel. Der Reporterin war die Wotanseiche durchaus bekannt. Unter ihren ausladenden Ästen hatte sie einmal eine Nordic-Walking-Gruppe aus Rimpar interviewt.

Donald und Daisy, die sich erst vor nicht allzu langer Zeit jeweils ein Kilo Trockenfutter einverleibt hatten, bekamen von dem flotten Fahrstil ihres Frauchens Probleme mit dem Magen. Beide Hunde fingen heftig zu sabbern an und in der Folge liefen lange Speichelfäden im Zeitlupentempo an den Kopfstützen des Fiats herunter. Giseldis war so konzentriert, dass sie dies erst merkte, als ihre Frisur mit Sabber pomadisiert wurde. Sie stieß einige undamenhafte Schimpfworte aus, bemühte sich dann aber, ihren Fahrstil für die beiden Hunde etwas magenfreundlicher zu gestalten.

Eine Dreiviertelstunde nachdem sie aufgebrochen war, erreichte Giseldis den Teil des Waldes, in dem nach ihrer Erinnerung die Wotanseiche stand. Sie bog von der Straße auf den Waldweg ab, der zunächst ungefähr hundert Meter tief im Wald parallel zur Straße verlief, dann aber abbog und tiefer in den Wald hineinführte.

Als sie wenig später die weiß-grüne Lackierung von Polizeifahrzeugen durch die Stämme leuchten sah, fuhr sie an die Seite und parkte. Donald und Daisy, die offenbar dachten, dass es jetzt Gassi ging, hüpften aufgeregt auf den hinteren Polstern herum.

„Herrschaften, ihr legt mir ja das ganze Auto auseinander", fauchte Giseldis und öffnete die Wagentür, damit die beiden Doggen aussteigen konnten. „Jetzt benehmt euch aber, sonst müsst ihr wieder rein!" Donald und Daisy kannten diesen

Tonfall und beherrschten sich. Wenn ihr Frauchen sauer wurde, war mit ihr nicht gut Kirschen essen.

Die Journalistin war mit dem Oberkörper im Auto verschwunden, um ihr Diktiergerät und die Digitalkamera herauszuholen, als sie hinter sich ein Motorengeräusch hörte. Sie blickte durch die Heckscheibe ihres Wagens, dann stieß sie ein vernehmliches Stöhnen aus. Das Fahrzeug, das dicht hinter ihr zum Stehen gekommen war, kannte sie nur zu gut.

„Es bleibt einem aber auch gar nichts erspart", knurrte sie, während sie sich wieder aufrecht hinstellte. Die beiden Doggen wedelten freundlich mit den Ruten.

Der Neuankömmling verließ sein Gefährt, für das die Bezeichnung Auto wirklich sehr schmeichelnd gewesen wäre. Beulen und Rost bedeckten fast die gesamte Oberfläche und ließen die einmal vorhandene Farbe nur erahnen.

„Schöpf-Kelle, was willst du denn hier?" Giseldis funkelte ihren Kollegen wütend an. „Das hier ist mein Ding! Sieh zu, dass du dich gleich wieder verdünnisierst!"

Würzburgs rasender Reporter Christian Schöpf-Kelle grinste seine Kollegin an und drohte mit dem Zeigefinger. „So, so, Gisi, haben wir wohl auch ein bisschen den Polizeifunk abgehört?"

Ohne Zögern näherte er sich den beiden Doggen und streichelte ihnen abwechselnd die großen Köpfe. „Na, euer Frauchen gibt euch anscheinend nicht genug zu fressen. Ihr habt abgenommen, seit ich euch das letzte Mal gesehen habe."

„Schöpf-Kelle, hau ab!", fauchte Forgér wütend. Manchmal wäre es ihr wirklich lieber gewesen, wenn Donald und Daisy ein bisschen aggressiver gewesen wären.

„Jetzt bleib doch mal cool. Lass uns doch erst mal nachsehen, was da vorne los ist. Vielleicht springt für uns beide eine Story raus." Er wies nach vorne, wo man Männer in den typischen weißen Schutzanzügen der Spurensicherung erkennen konnte.

Giseldis Forgér schluckte ihre Wut hinunter. Es war ihr klar, dass sich Schöpf-Kelle nicht vertreiben lassen würde. Wortlos packte sie ihre Gerätschaften und marschierte in Richtung Tatort. Die beiden Doggen folgten ihr auf den Fuß.

„Na also, geht doch", brummte Schöpf-Kelle und tappte hinterher. Er war sich sicher, dass die Ermittler vor Ort seine Kollegin mit ihren Hunden niemals an den Tatort lassen würden.

Erich Rottmann hatte sich mit Öchsle ein wenig an die Seite zurückgezogen und sich auf einen umgestürzten Baumstamm niedergelassen, da er die eingetroffene Ermittlergruppe und die Spurensicherer nicht stören wollte. Sein Platz war aber so günstig gewählt, dass er die Aktivitäten der Männer in der Grube gut beobachten konnte. Sie waren gerade dabei, die Leiche vorsichtig, um keine Spuren zu zerstören, aus dem Erdreich zu bergen. Da in dem engen Bereich der Grube nur zwei Männer arbeiten konnten, standen Kommissar Deichler und der hinzugezogene Gerichtsmediziner auf der anderen Seite des Loches und beobachteten jeden Handgriff der Beamten.

Rottmann war so konzentriert, dass er die Umgebung des Fundortes nicht weiter beachtete. Daher war er sehr überrascht, als Öchsle plötzlich zu knurren begann. Verwundert hob er den Kopf. „Was ist denn los?", fragte er, dann sah er die beiden riesigen Hunde, die sich der umgestürzten Eiche näherten. Sofort legte er seinem Rüden die Hand beruhigend auf den Rücken. Er wollte nicht, dass Öchsle meinte, er müsse die Beschützerrolle spielen. Er traute ihm durchaus zu, dass er sich ohne Rücksicht auf Verluste auf die beiden Riesen stürzen würde, um sein Herrchen zu beschützen. Erst auf den zweiten

Blick registrierte der Exkommissar die beiden Personen, die den Doggen folgten. Den Mann kannte er nur zu gut. Mit Schöpf-Kelle verband ihn ein Jahre andauerndes zwiespältiges Verhältnis. Der Journalist war eine schillernde Persönlichkeit und hatte keine Probleme damit, für eine gute Story Gesetz und Ordnung zu vergessen. Sein Erscheinen war für Rottmann die Bestätigung seines schon lange gehegten Verdachts, dass der Bursche den Polizeifunk abhörte. Die Frau war Rottmann ebenfalls bestens bekannt. Giseldis Forgér war schon zu seiner Zeit als Mordermittler als Gerichtsreporterin tätig gewesen und hatte Rottmann häufig am Rande von Strafprozessen interviewt. Die kleine energische Person mit der weinroten Frisur hatte ihm schon immer imponiert, weil sie auch heiße Themen anfasste und dabei nicht locker ließ, bis sie die Informationen bekam, die sie haben wollte. Dass sie jetzt auch an Tatorten recherchierte, war ihm allerdings neu.

Blieb nur noch die Frage, wem diese beiden Kälber von Hunden gehörten. Diesem verrückten Schöpf-Kelle war es ohne weiteres zuzutrauen, sein Image mit diesen beiden Riesen aufmotzen zu wollen.

Rottmanns Vermutung wurde allerdings sofort zunichtegemacht, als Forgér den beiden Doggen mit einem knappen Kommando befahl, sich niederzulegen, was diese auch gehorsam taten. Der Grund für die Aktion der Journalistin war ein Streifenbeamter, der die beiden Reporter entdeckt hatte. Er ging ihnen eilig entgegen und forderte sie mit erhobener Stimme und eindeutigen Gesten auf, stehen zu bleiben. Das Verhalten des Vertreters der Staatsmacht führte bei Donald und Daisy dazu, dass sie wieder auf die Läufe sprangen und ein lautes, tiefes Bellen anstimmten. Die Schallwellen dieses sonoren Geräusches waren so gewaltig, dass Rottmanns Bauchdecke zu vibrieren begann. Der Polizist blieb unwillkürlich stehen.

Das Verhalten der beiden Doggen war für Öchsles Beherrschung zu viel. Mit einem wilden Knurren löste er sich von Rottmann und stürmte mit erhobener Rute und aufgerichteten Nackenhaaren auf die beiden Riesen zu. Rottmann war so verdattert, dass er im ersten Augenblick keinen Ton herausbrachte. Als er seine Stimme wiedergefunden hatte und ein verzweifeltes „Öchsle, nicht!" hervorstieß, war es schon zu spät. Der schwarze Rüde hatte in seinem Zorn jegliche Vorsicht vergessen. Er baute sich mit funkelnden Augen vor den Doggen auf, zog die Lefzen zurück, dass man sein blütenweißes Gebiss sehen konnte, und ließ dabei ein tief aus der Brust kommendes, warnendes Knurren hören.

Rottmann schien die Katastrophe unvermeidlich. Jeder der beiden Riesen war ohne Zweifel in der Lage, Öchsle mit einem einzigen Biss das Rückgrat zu durchtrennen! Was dann allerdings geschah, führte dazu, dass allen Zuschauern der Mund offen stehen blieb. Donald und Daisy sahen verwundert auf den drohenden Rüden herunter. Dabei hatte es ihnen urplötzlich das Bellen verschlagen. Nach einem kurzen Moment, in dem irgendwelche für Menschen nicht erkennbare Botschaften zwischen Öchsle und den Doggen ausgetauscht wurden, zog Daisy die Rute ein, ließ sich auf den Boden fallen und rollte sich auf den Rücken. Donald folgte ihrem Verhalten nur einen Wimpernschlag später.

Öchsle stolzierte hoch erhobenen Hauptes einige Schritte näher, so dass er auf Kopfhöhe der beiden Hunde stand, dann stellte er von einem Augenblick auf den anderen seine Drohgebärden ein und begann stattdessen freundlich mit dem Schwanz zu wedeln. Sofort sprangen die beiden Doggen auf und stoben davon. Öchsle folgte ihnen und eine Sekunde später düsten sie gemeinsam in den Wald hinein.

Rottmann schüttelte ungläubig den Kopf. So etwas hatte

er noch nicht erlebt. Sein kleiner vierbeiniger Freund litt gelegentlich wirklich an Größenwahn. Das Erstaunliche dabei war, dass er damit offenbar auch durchkam.

Schöpf-Kelle stieß ein verhaltenes Kichern aus. „Deine beiden Goliaths kannst du wirklich in der Pfeife rauchen. Lassen sich von so einem kleinen Wadenbeißer den Schneid abkaufen."

Giseldis funkelte ihren Kollegen böse an, sagte aber nichts. Gar so unterwürfig hätten sich die beiden ja wirklich nicht zeigen müssen. Aber im Grunde war sie froh, dass ihre Hunde sanftmütig waren. Laut sagte sie: „Typen wie dich verdrücken die beiden als Vorspeise." Mit einer schnellen Kopfbewegung wandte sie sich von Schöpf-Kelle ab und widmete nun ihre Aufmerksamkeit dem Polizeibeamten, der die Szene ebenfalls mit Erstaunen beobachtet hatte.

„Herr Wachtmeister, ich bin Giseldis Forgér und dies hier ist mein Kollege Schöpf-Kelle. Wie Sie sicher wissen, sind wir Vertreter der Presse. Wir haben davon Kenntnis bekommen, dass hier eine Straftat begangen wurde. Die Öffentlichkeit hat ein Anrecht darauf, hiervon unterrichtet zu werden. Also, machen Sie bitte den Weg frei."

„Tut mir leid", erwiderte der Beamte und stellte sich den beiden erneut nachdrücklich in den Weg. „Zurzeit ist hier noch die Spurensicherung an der Arbeit und der leitende Beamte hat im Augenblick der Presse jeglichen Zutritt untersagt. Sie müssen sich noch gedulden, Hauptkommissar Deichler wird sich nachher mit Ihnen unterhalten." Dann ließ er die beiden stehen.

Giseldis stampfte verärgert mit dem Fuß auf. Sie war es nicht gewohnt, so behandelt zu werden. Schöpf-Kelle nahm die Sache locker. Er hob seinen Fotoapparat und schoss einige Bilder aus der Ferne, wobei sein starkes Zoom dafür sorgte, dass er die Szene mit der umgestürzten Wotanseiche und den Spurensicherern ganz gut einfangen konnte. Der Inhalt des Kraters blieb ihm allerdings verborgen.

Rottmann warf einen Blick hinunter zu den Einsatzkräften. Sie hatten mit Kellen und kleinen Schaufeln einen Bereich rund um den Kopf und den Oberkörper der Toten freigelegt. Bei der Geschwindigkeit, die dabei möglich war, würde es aber noch einige Zeit dauern, bis die Leiche ganz ausgegraben war. Der ehemalige Leiter der Mordkommission überlegte einen Augenblick, dann erhob er sich langsam und schlenderte zu den beiden Journalisten hinüber. Ihm war klar, dass die beiden nicht eher gehen würden, als bis sie ihre Bilder und eine Story hatten. Vielleicht konnte er sie ein wenig ablenken, damit sie den Beamten nicht in die Quere kamen.

„Grüß Gott, Frau Forgér, Herr Schöpf-Kelle, da haben Sie wohl zufällig wieder mal den richtigen Riecher gehabt." Er grinste die beiden freundlich an.

„Hallo, Herr Rottmann." Giseldis Forgér ging auf den lockeren Tonfall Rottmanns nicht ein. „Sie sollten Ihre Bestie wirklich an die Leine nehmen. Haben Sie gesehen, wie Ihr Hund meine beiden Kleinen angegriffen hat? Sie sind ja völlig verstört!"

Jetzt musste Rottmann doch herzhaft lachen und Schöpf-Kelle fiel mit ein.

„Was kann ich dazu, wenn sich Ihre beiden Ponys so leicht einschüchtern lassen?", erwiderte er, nachdem er sich wieder beruhigt hatte. „Es ist ja gar nichts passiert. Sie sehen doch, dass sich die drei wunderbar verstehen." Er deutete in den Wald hinein, dahin, von wo das Dreiergespann gerade angeprescht kam.

Forgér gab einen ärgerlichen Laut von sich und ging den Hunden entgegen.

Schöpf-Kelle erinnerte sich seiner Professionalität, zog ein digitales Diktiergerät aus der Tasche und hielt es dem Exkommissar unter die Nase.

„Herr Rottmann, wir haben … durch Zufall erfahren, dass hier im Gramschatzer Wald eine Leiche gefunden wurde. Darf ich Sie fragen, weshalb Sie hier anwesend sind?"

Erich Rottmann sah eigentlich keinen Grund, warum er dem Reporter nicht ein paar Sätze zu dem Leichenfund sagen sollte.

Als Forgér sah, dass Schöpf-Kelle ein Diktiergerät hielt, drehte sie sich auf dem Absatz herum und hastete herbei.

Dies fassten Donald und Daisy offenbar als Aufforderung zum Spiel auf und hüpften aufgedreht um ihr Frauchen herum.

„Jetzt geht doch weg!", rief sie. „Ich habe jetzt keine Zeit für euch!"

Was die beiden aber offenbar falsch verstanden, denn Donald brachte ihr einen trockenen Ast, den er ihr vor die Füße warf. Schnell bückte sie sich und warf das Stöckchen in den Wald hinein. Im Galopp rasten die beiden Hunde hinterher.

Ihre Körpersprache vermittelte reine Wut, als sie mit rotem Kopf nähergestapft kam. Die beiden Doggen hatten sich etwas abseits unter einer Buche niedergelegt und zerrten gemeinsam an dem Ast.

Schöpf-Kelle sah ihr grinsend entgegen.

„Ich weiß wirklich nicht, was es da zu lachen gibt!", fauchte die Reporterin. „Schöpf-Kelle, verpiss dich! Ich war zuerst hier. Das ist meine Leiche!"

Als der Reporter schon den Mund öffnete, um eine passende Erwiderung abzugeben, entstand am Erdloch eine gewisse Unruhe. Die Männer in der Grube riefen den Umstehenden etwas zu.

Erich Rottmann hob die Hand, um die beiden Streitparteien zu unterbrechen. „Jetzt bleiben Sie mal friedlich. Ich werde mal nachsehen, was sich da vorne tut. Vielleicht kann ich für Sie ein gutes Wort einlegen, damit Sie beide doch noch zu Ihrer Story kommen."

Forgér und Schöpf-Kelle sahen sich kurz an, dann nickten beide zustimmend. Der Streit war vergessen.

Erich Rottmann gesellte sich zu Florian Deichler am Rande der Grube. „Neuigkeiten?" Er konnte erkennen, dass die Männer mittlerweile die Leiche fast völlig freigelegt hatten.

„Man kann noch nichts Genaues sagen", erwiderte Deichler. „Der Rechtsmediziner ist gerade unten. Aber wie es scheint, handelt es sich nicht um eine gewöhnliche Leiche. Wir denken, dass die Tote schon lange hier liegt – sogar schon sehr lange!"

Rottmann zog die Augenbrauen in die Höhe. „Wie kann das sein? So wie es von hier aussieht, ist sie doch gut erhalten."

Der Kriminalbeamte zuckte mit den Schultern. „Warten wir ab, was Dr. Patschler dazu sagt."

Es dauerte nicht lange, dann kam der Rechtsmediziner den Hang heraufgestiegen. Seine Gummistiefel waren voller Lehm. Heftig atmend stellte er seine Tasche ab.

„So etwas habe ich während meiner gesamten Laufbahn noch nicht gesehen", stieß er hervor. „Dem ersten Anschein nach handelt es sich um die sehr gut erhaltene Wachsleiche einer relativ jungen Frau. Sie ist offenbar einen gewaltsamen Tod gestorben. In ihrer Brust steckt ein ebenfalls gut erhaltener Dolch, der die Todesursache gewesen sein dürfte."

„Können Sie was zum Todeszeitpunkt sagen?"

Dr. Patschler sah Deichler lange an, dann antwortete er: „Die Tote war offenbar die ganze Zeit in einer luftundurchlässigen Lehmschicht eingeschlossen. Dadurch wird der Verwesungsprozess unterbunden und es kann zur so genannten Wachsleichenbildung kommen. Das Körperfett setzt sich in diesen Fällen direkt unter der Haut ab, wodurch es zu dieser wachsähnlichen Körperoberfläche kommt. Ein Phänomen, das auf unseren Friedhöfen gar nicht so selten auftritt. Man spricht nur nicht groß darüber. Solche Leichen sind gewissermaßen auf Dauer konserviert. Bei unserer Toten hier hat seinerzeit unter Umständen ein Erdrutsch oder eine andere Naturgewalt dazu geführt, dass ihr Körper mit lehmiger Erde bedeckt und dadurch vollkommen versiegelt wurde."

Rottmann meldete sich zu Wort. „Doktor, wollen Sie damit sagen, dass die Leiche so alt ist wie die Eiche, unter deren Wurzelstock sie begraben lag?"

Dr. Patschler zuckte mit den Schultern. „Ich bin mir auf jeden Fall hundertprozentig sicher, dass dies kein Kriminalfall für die Mordkommission ist. Das ist ein Fall für die Wissenschaft. Wir müssen die Leiche möglichst schnell in die Rechtsmedizin schaffen, damit sie in die Kühlung kommt und die Verwesung weiterhin gestoppt bleibt. Wir werden sie dann zusammen mit den forensischen Anthropologen der Universität untersuchen. Ich werde gleich einen Kollegen von der anthropologischen Fakultät hierherbitten. Meines Erachtens liegt dort unten im Waldboden eine Sensation." Mit diesen Worten trat er ein Stück zur Seite und holte sein Handy aus der Jackentasche.

Rottmann sah hinunter in die Grube, auf deren Grund die Männer der Spurensicherung die Leiche nun vollständig freigelegt hatten. Selbst aus dieser Entfernung konnte Rottmann die fremdartig wirkende Bekleidung der Toten erkennen, die ebenfalls noch weitgehend erhalten schien. Die Beine der Leiche steckten in hohen Schaftstiefeln.

Erich Rottmann wollte gerade gegenüber Florian Deichler

eine entsprechende Bemerkung machen, als er neben sich eine Bewegung wahrnahm. Giseldis Forgér und Schöpf-Kelle hatten natürlich mitbekommen, dass der Rechtsmediziner die Grube verlassen hatte. Zufälligerweise telefonierte er in ihrer Nähe und sie bekamen mehrere interessante Satzfetzen mit. Ohne große Diskussion einigten sie sich darauf, dass Schöpf-Kelle die Bilder schoss und Giseldis für den Text verantwortlich war. Schnell hatte sie ihre Hunde ins Auto eingesperrt, dann waren sie kurz entschlossen an die Grube herangetreten.

Florian Deichler wollte zuerst etwas sagen, dann unterließ er es aber. Wie gesagt, das hier war kein Kriminalfall mehr.

Giseldis Forgér stand am Rand der Grube und blickte auf die Tote hinab. In ihrer journalistischen Laufbahn hatte sie schon Leichen gesehen, die sich in einem bedeutend schlechteren Zustand befanden als die Frau in dem Erdloch. Trotzdem übte das seltsam bleiche Gesicht der Toten auf sie eine starke Faszination aus. Sie konnte sich dem Bann dieses Antlitzes nicht entziehen. Plötzlich verspürte sie starke Schwingungen und ihr wurde schwindelig. Eine Sekunde später brach Giseldis Forgér ohnmächtig zusammen und rutschte, ehe die Männer in ihrer Nähe reagieren konnten, in das Erdloch. Einen Meter von der Leiche entfernt blieb sie liegen. Ihr rechter Arm lag nach der Seite ausgestreckt und ihre Fingerspitzen berührten die Tote.

Es dauerte einen Augenblick, ehe sich die Männer am Rande der Grube von ihrem Schrecken erholt hatten und Giseldis Forgér nachkletterten, um sie wieder aus der Grube herauszuholen.

Elvira Stark hatte ein Problem. Vor zwei Wochen hatte sie vom Nachlassgericht des Amtsgerichts Würzburg eine Vorladung bekommen. Darin wurde ihr mitgeteilt, dass ein gewisser Franz-Xaver Stark aus San Francisco, letzter Wohnsitz Seniorenheim *Hüberspflege* in Würzburg, verstorben sei und sie aufgrund gesetzlicher Erbfolge als Miterbin in Frage komme. Elviras Problem bestand darin, keine Ahnung zu haben, wer dieser Franz-Xaver Stark war und wieso er sie als Erbin eingesetzt hatte. Längere Zeit hatte sie in ihrer Erinnerung gekramt, war aber zu keinem Ergebnis gekommen.

Elvira Stark saß auf dem Flur vor der Tür des Nachlassgerichts und wartete auf ihren Aufruf durch den Rechtspfleger. Erstaunlicherweise war außer ihr niemand da. Sie konnte sich nicht vorstellen, dass ihr ein wildfremder Mensch sein gesamtes Vermögen hinterlassen hatte. Nervös rutschte Elvira Stark auf dem Stuhl herum. Bereits zum dritten Mal überzeugte sie sich davon, dass sie, wie im Schreiben gefordert, ihren Personalausweis eingesteckt hatte.

Plötzlich öffnete sich die Tür des Dienstzimmers und ein freundlicher älterer Beamter sah heraus.

„Nachlasssache Stark?“, fragte er und Elvira nickte.

„Na, dann kommen Sie doch bitte herein.“ Elvira erhob sich und betrat das geräumige Büro. Vor einem ausladenden Schreibtisch, der mit grünen Akten beladen war, standen vier

Stühle nebeneinander. Mit einer einladenden Handbewegung forderte sie der Beamte auf, sich zu setzen, wobei er sich selbst in seinen Bürosessel fallen ließ.

„So, dann zeigen Sie mir bitte mal Ihre Vorladung und Ihren Personalausweis", bat er freundlich und streckte auffordernd die Hand über die Schreibtischplatte.

Elvira beeilte sich, seiner Bitte nachzukommen. Er studierte den Personalausweis gründlich, dann gab er ihn zurück. „Wenn Sie mir bitte noch ihren Beruf sagen."

„Reinemachefachfrau in der Stadtverwaltung Würzburg."

Er gab die Angabe in seinen Computer ein, dann sagte er: „Es tut mir leid, aber wir müssen noch einen Augenblick warten, da ich noch eine zweite Person vorgeladen habe. Die Dame hat sich nicht entschuldigt, also gehe ich davon aus, dass sie sich lediglich ein wenig verspätet." Er wandte sich einem Bildschirm zu und tippte eine Weile in die Tastatur.

Elvira war nun wirklich nervös. Wer konnte das sein, der da noch kommen sollte?

Ein paar Minuten später klopfte es energisch an die Tür. Ehe der Beamte „Herein" rufen konnte, wurde die Tür schwungvoll geöffnet und eine Frau trat ein.

„Guten Tag!", grüßte sie forsch und schloss die Tür lautstark hinter sich.

Mein Gott, was ist denn das?, dachte Elvira und riss erstaunt die Augen auf. Tatsächlich war Elviras Reaktion zu verstehen. Auch der Rechtspfleger hatte eine Schrecksekunde, ehe er die Frau begrüßen konnte. „Frau Thekla Berghofer?", fragte er. Sie nickte und setzte sich auf den angebotenen Platz.

Die Frau war, man konnte es einfach nicht anders beschreiben, eine wahrlich beeindruckende Erscheinung. Obwohl sie Elviras Alter und wie sie eine vollschlanke, aber durchaus reizvolle Figur hatte, trug sie einen teuren schwarzen

Lederanzug. Ihre kurzen Haare waren blutrot und mit reichlich Gel eng an den Kopf gepresst. Dazu war sie auffällig geschminkt, selbst der Lippenstift war schwarz. Auch ihre langen Fingernägel waren in ihrer bevorzugten Farbe lackiert. Auf dem Schoß hielt sie eine gleichfarbige, geräumige Lederhandtasche, die mit Edelstahlnieten verziert war.

Der Rechtspfleger räusperte sich. „Darf ich auch Sie um Ihre Vorladung und Ihren Personalausweis bitten."

Wortlos öffnete sie ihre Handtasche und holte die gewünschten Papiere heraus. Bis jetzt hatte sie, außer dem knappen Gruß, noch kein Wort gesagt.

„Ihre Berufsangabe bitte", forderte der Rechtspfleger, nachdem er ihren Personalausweis studiert hatte.

Ein kaum merkliches Zögern, dann erklärte sie kurz: „Selbstständig."

Nach dieser Angabe reichte der Beamte die Unterlagen zurück und tätigte einen Eintrag über die Tastatur, dann lehnte er sich zurück und schlug die vor ihm liegende Akte auf.

„Meine Damen, nachdem der Erblasser Franz-Xaver Stark kein Testament hinterlassen hat, kommt die gesetzliche Erbfolge zum Tragen. Herr Stark hatte keine Abkömmlinge, auch lebende Eltern oder Geschwister, die als Erben in Frage kommen würden, sind nicht mehr vorhanden. Daher mussten wir in die verwandtschaftlichen Seitenlinien ermitteln. Ihr Vater, meine Damen, war ein Neffe von Valentin Stark, dem Bruder des Erblassers. Der Verstorbene hatte Jahrzehnte in den Vereinigten Staaten gelebt, ist dann aber vor einigen Jahren nach Deutschland zurückgekehrt und hier verstorben. Da wir keine weiteren Verwandten ermitteln konnten, sind Sie beide Kraft Gesetzes als Erbinnen jeweils zur Hälfte berufen." Er machte eine kurze Pause, in der sich Elvira Stark und Thekla Berghofer mit erstaunten Blicken ansahen.

„Sie sagten ‚unser Vater'", stellte Elvira mit Erregung in der Stimme schließlich die Frage, die beide Frauen unabhängig voneinander bewegte, „dies würde ja bedeuten, dass die Dame neben mir meine Schwester ist. Das muss ein Irrtum sein, ich sehe sie heute zum ersten Mal. Den Namen Valentin Stark habe ich allerdings schon mal gehört."

Frau Berghofer schüttelte energisch den Kopf. „Da kann ich nur beipflichten. Ich denke, ich bin hier auf der falschen Veranstaltung. Diese Namen sagen mir alle nichts."

Sie hatte eine raue Stimme. Wahrscheinlich Raucherin, vermutete Elvira.

Der Rechtspfleger blätterte in seiner Akte herum, dann erwiderte er im Brustton der Überzeugung: „Meine Damen, da liegt definitiv kein Irrtum vor. Nach den standesamtlichen Geburtsurkunden sind Sie beide Geschwister ... genauer gesagt, sogar Zwillinge!"

Diese Aussage schlug ein wie eine Bombe. Der damit verbundene Schock verschlug beiden Frauen die Sprache. Es folgte eine bleierne Stille.

Der Rechtspfleger unterbrach das Schweigen zuerst. „Wenn ich Ihre Reaktion richtig interpretiere, meine Damen, hatten Sie von der Existenz einer Zwillingsschwester keine Ahnung?"

Beide schüttelten einmütig den Kopf.

Der Rechtspfleger studierte erneut seine Akten. „Sie, Frau Elvira Stark, sind nach den standesamtlichen Auskünften ledig geblieben und wohnen nun in der Rosengasse in Würzburg. Sie, Frau Berghofer, sind eine geborene Stark, haben 1978 einen Lothar Berghofer geheiratet, der 1983 verstarb." Er sah die beiden an. „Ist das bis hierher richtig?"

Beide nickten.

„Das Nachlassgericht kann natürlich nicht klären, wie es

nach Ihrer Geburt zu der Trennung kam. Das ist auch nicht seine Aufgabe. Sollten Sie hierzu nähere Informationen haben wollen, müssten Sie sich selbst bemühen. Für mich ist wesentlich, dass Sie nach der gesetzlichen Erbfolge als Erben feststehen."

Thekla Berghofer beugte sich etwas nach vorne und fixierte den Beamten mit strengem Blick: „Das haben Sie uns alles schon erzählt. Könnten Sie jetzt mal zur Sache kommen? Was haben wir denn geerbt?"

Elvira fand die Direktheit dieser Frau ... sie verbesserte sich ... ihrer angeblichen Schwester etwas peinlich.

„Etwas Geduld, meine Damen, die Formalitäten müssen schon eingehalten werden. Nachdem kein Testament existierte und wir Sie als Erben erst ermitteln mussten, hat das Gericht einen sogenannten Nachlasspfleger eingesetzt, der dafür Sorge trägt, dass der Nachlass nicht beeinträchtigt wird. Als Nachlasspfleger haben wir Herrn Rechtsanwalt Erwin Neuhöfer aus Würzburg bestimmt, der auch ein Nachlassverzeichnis erstellt hat, aus dem sich das gesamte Vermögen des Erblassers ergibt."

„... und wer zahlt das?", unterbrach ihn Frau Berghofer erneut.

„Das trägt der Nachlass", erwiderte der Beamte leicht gereizt und fuhr fort: „Das Nachlassvermögen ist durchaus beträchtlich. Es besteht aus Wertpapieren, Bargeld und einem Wochenendhaus bei Bad Staffelstein in Oberfranken. Alles in allem haben wir nach Abzug der Beerdigungskosten und der Gerichtskosten einen überschlägigen Nachlasswert von rund achthundertdreiundfünfzigtausend Euro zugrunde gelegt. Der Erblasser wurde zwischenzeitlich bereits auf Veranlassung des Nachlasspflegers im Waldfriedhof in Würzburg beigesetzt."

Jetzt verschlug es den beiden Damen vor dem Schreibtisch zum zweiten Mal an diesem Tag die Sprache.

„Davon wird natürlich ein gehöriger Anteil Erbschaftssteuer abgehen, dann die Gebühren für den Nachlasspfleger und die Gerichtskosten für die Erbscheine, die Sie beide benötigen, als Nachweis Ihres Erbrechts gegenüber den Banken und dem Grundbuchamt. Meine Damen, ich darf Ihnen zunächst mein Beileid zum Verlust ihres entfernten Verwandten aussprechen und Ihnen gleichzeitig zu dem Erbe gratulieren.

Ich muss Sie darüber belehren, dass Sie von heute an sechs Wochen Zeit haben, das Erbe auszuschlagen. Diese Erklärung können Sie hier bei mir abgeben oder bei einem Notar. Haben Sie das verstanden?“

Wieder einmütiges Nicken.

„Sie müssen mir noch das Protokoll unterschreiben, ich werde es gleich ausdrucken. Die Erbscheine werden Ihnen in den nächsten Wochen zugeschickt. Hier haben Sie noch die Karte des Nachlasspflegers, bitte setzen Sie sich in den nächsten Tagen mit ihm in Verbindung.“

Lächelnd sah er die beiden Frauen an, die noch immer völlig geschockt vor ihm saßen. „Meine Damen, damit ist der Termin beendet.“

Nachdem sie noch das Protokoll unterschrieben hatten, verließen Elvira Stark und Thekla Berghofer das Büro. Wortlos liefen sie beide nebeneinanderher über den Flur des Gerichtsgebäudes. Plötzlich, ohne miteinander ein Wort gewechselt zu haben, bogen sie ab und betraten eine Damentoilette. Dort stellten sie sich nebeneinander vor den Spiegel, der die ganze Wand über den Handwaschbecken einnahm. Geraume Zeit musterten sie sich. Schließlich unterbrach Thekla die Stille.

„Die Größe stimmt nicht.“

„Zieh deine Stöckelschuhe aus!“, erwiderte Elvira und rutschte ihrerseits aus ihren flachen Slippern. Wie selbstverständlich war sie zum *Du* übergegangen.

Thekla tat, wie ihr geheißen. Sofort lagen ihre Augen auf einer Höhe.

„Die Augenfarbe stimmt nicht", stellte Elvira kritisch fest.

„Ich trage braune Kontaktlinsen. Meine natürliche Augenfarbe ist ebenfalls blau. Aber die Statur, das passt gar nicht. Ich bin viel schlanker als du."

Elvira lachte. „Dass ich nicht lache. Du siehst in deinem Hosenanzug wie eine Presswurst aus."

„Jetzt wirst du aber unverschämt", gab Thekla gereizt zurück. „Mit deinem altertümlichen Kostüm kannst du doch höchstens als Modell für einen Secondhandshop auftreten."

Elvira zuckte mit den Schultern. „Bei Gericht sollte man sich schon etwas seriöser kleiden. Außerdem, so wie du geschminkt bist, kannst du auf dem Kilianifest in der Geisterbahn auftreten." Sie holte kurz Atem, dann sah sie die Frau neben sich nachdenklich an. „Wenn ich mir deine Haare ohne Gel vorstelle und deine Schminke ab wäre, würden wir uns schon sehr ähnlich sehen." Sie rückte mit ihren Fingern ihre mahagonifarbene Kurzhaarfrisur zurecht. „Zweieiige Zwillinge sehen sich ja nicht unbedingt völlig gleich."

„Da kann ich dir leider nicht widersprechen", gab Thekla nach einem kurzen Studium von Elviras Gesicht zurück.

Elvira bückte sich und fuhr wieder in ihre Schuhe, dabei schlug sie vor: „Gegenüber dem Justizgebäude ist ein Café. Ich denke, wir sollten uns zusammensetzen. Zwischen uns gibt es jede Menge zu klären. Diskutieren können wir später immer noch."

Thekla war auch wieder in ihre Highheels geschlüpft und prüfte mit einem kritischen Blick ihr Make-up, dabei meinte sie mit einem übertriebenen Seufzer: „Es bleibt einem aber wirklich nichts erspart. Mein Horoskop hat es mir heute früh schon angekündigt: ‚Sie werden heute einige Überraschungen erleben', hieß es da. Das Geld wird es mir hoffentlich etwas leichter machen, dass ich, wie es aussieht, jetzt auch noch eine Schwester geerbt habe." Bei diesen Worten schmunzelte sie allerdings und öffnete die Tür der Toilette.

Wenig später saßen sie sich im Außenbereich des *Quickback,* eines funktional eingerichteten Selbstbedienungscafés vis-a-vis des Ziviljustizzentrums, bei einer Tasse Kaffee gegenüber. Sie waren im Augenblick die einzigen Gäste, so dass sie offen miteinander sprechen konnten.

„Ich kann es immer noch nicht recht glauben", kommentierte Elvira ihre augenblickliche Stimmung. „Weniger wegen des vielen Geldes, das ich geerbt haben soll, als vielmehr wegen der Tatsache, plötzlich eine Zwillingsschwester zu haben, von der ich bisher keine Ahnung hatte." Sie schüttelte den Kopf.

Thekla griff in ihre schwarze Handtasche und holte eine Schachtel Zigaretten und ein Feuerzeug heraus. „Du hast doch sicher nichts dagegen", nuschelte sie, während sie sich eine Zigarette anzündete.

Elvira Stark zuckte mit den Schultern.

„Wie der Beamte im Gericht gesagt hat, sind wir jetzt eine Erbengemeinschaft, müssen es also wohl oder übel eine Weile miteinander aushalten. Zumindest bis wir das ganze Erbe zu Kohle gemacht und aufgeteilt haben."

Elvira sah ihre Schwester nachdenklich an. „Bewegt es dich denn gar nicht, dass du plötzlich eine Zwillingsschwester hast?"

Thekla blies den Rauch eines Lungenzugs gegen den Himmel, dann erwiderte sie: „Ich stelle fest, du bist ziemlich gefühlsbetont. Fakt ist doch, dass wir in unserem bisherigen Leben wunderbar ohne Schwester ausgekommen sind. Im Grunde genommen sind wir uns doch völlig fremd. Wie zwei

Menschen, die in unterschiedlichen Welten aufgewachsen sind. Du hast von meinem Leben keine Ahnung und ich weiß nichts über dich." Sie zuckte gleichgültig mit den Schultern.

Elvira schüttelte entschieden den Kopf. „Ich sehe das ganz anders! Für mich bist du ein Geschenk des Himmels. Es wäre doch unerhört spannend, sich gegenseitig kennenzulernen. Zu erfahren, wie die andere bisher gelebt hat. Weißt du beispielsweise, dass wir noch einen Bruder hatten, der leider vor einigen Jahren zusammen mit seiner Frau bei einem Verkehrsunfall umgekommen ist? Mich interessiert, herauszubekommen, warum wir getrennt wurden. Oder zu erfahren, wie du jetzt lebst. Ob du wieder verheiratet bist. Vielleicht sogar Kinder hast. Es gibt so viele Fragen."

Thekla machte noch zwei schnelle Züge an der Zigarette, dann drückte sie den Stummel im Aschenbecher auf dem Tisch aus.

„Zu viele Fragen!" Ihre Stimme hatte einen harten Klang angenommen. „Die Antworten darauf willst du gar nicht wissen." Sie trank ihren Kaffee aus, dann griff sie in die Handtasche und holte eine Visitenkarte heraus. „Hier kannst du mich anrufen, wenn du mit dem Nachlasspfleger einen Termin ausgemacht hast. Für heute ist es wirklich genug der schwesterlichen Einträchtigkeit! Wir sehen uns." Sie stand auf, nickte Elvira kurz zu und eilte in Richtung Sanderring davon.

Elvira war von dem plötzlichen Aufbruch völlig überrascht. Sie brachte nur ein kurzes „Tschüs" heraus, dann war Thekla davon. Langsam nahm sie die Visitenkarte in die Hand und las: „Madame Thekla, Praxis für autoritäre Erwachsenenbildung, Termine nur nach Vereinbarung". Dann stand da nur noch eine Telefonnummer. Keine Straße, kein Ort.

Elvira saß noch eine ganze Zeit vor ihrer leeren Tasse und starrte auf die merkwürdige Visitenkarte. Schließlich erhob sie sich und schlenderte, tief in Gedanken versunken, langsam durch den Park der Regierung von Unterfranken in Richtung Rosengasse zu ihrer Wohnung. Wenn sie die Erlebnisse des heutigen Tages Erich Rottmann erzählte, würde er ihr wahrscheinlich kein Wort glauben.

Die Mitglieder des Stammtisches *Die Schoppenfetzer*, der seinen Sitz im *Maulaffenbäck*, der traditionsreichen Weinstube im Herzen der Mainfrankenmetropole, hatte, ereiferten sich wieder einmal an einem heißen Gesprächsstoff. Selbstverständlich musste ihnen Erich Rottmann beim Frühschoppen am nächsten Tag detailgetreu berichten, was nach ihrer Weiterfahrt im Gramschatzer Wald geschehen war. Natürlich hatten die Herren alle die neueste Mainpostille gelesen, in der in breiter Aufmachung über die Leiche unter der Wotanseiche berichtet wurde. Giseldis Forgér, die den Bericht verfasst hatte, äußerte darin die höchst abenteuerliche Vermutung, dass die Leiche über fünfhundert Jahre unter der Eiche begraben gewesen war und trotzdem nicht verwest sei. Zu dem Bericht gab es einige ausgezeichnete Bilder der Toten von Schöpf-Kelle, die das vermutete Alter der Leiche als völlig absurd erscheinen ließen. Die Gesichtszüge der toten Frau waren gut erkennbar. Aus ihrer Brust ragte ein Dolch, der die Frage nach der Todesart beantwortete. Es war klar, dass dieser Bericht die Schoppenfreunde zu vielen Fragen an ihr Mitglied Erich Rottmann ermunterte, der ja alles hautnah miterlebt hatte.

Rottmann, der sich zum Frühschoppen sein obligatorisches Grundnahrungsmittel, eine ordentliche Portion Leberkäs, schmecken ließ, hob abwehrend die Hand.

„Herrschaften, das ist zwar nicht gerade ein Thema zum Leberkäs, aber ihr wollt es ja nicht anders.“

Zum wiederholten Male wurde er von Öchsle unter dem Tisch mit der Schnauze angestoßen. Der Rüde konnte überhaupt nicht verstehen, dass sein Herrchen ihm noch keinen Happen abgegeben hatte. Das verstieß seiner Meinung nach absolut gegen die guten Sitten!

Rottmann schnitt schnell einen Bissen seiner durchaus Teller füllenden Portion ab und reichte sie hinunter. Sofort war von dort zufriedenes Schmatzen zu hören.

Der Exkommissar nahm das Gespräch wieder auf. „Vielleicht habt ihr schon einmal von einer Wachsleiche gehört?"

Dr. Horst Ritter nickte zustimmend. Die anderen gaben zu, den Begriff schon einmal gehört zu haben, konnten sich aber nichts Konkretes darunter vorstellen.

„Ich will's kurz machen und euch so erklären, wie ich es verstanden habe. Nach Eintritt des Todes kommt es durch den Kontakt mit Sauerstoff zum Verwesungsprozess. Wird diese Sauerstoffzufuhr durch bestimmte Umstände unterbunden, etwa weil der Leichnam in einer nassen Ton- oder Lehmschicht begraben liegt, kommt der Verwesungsprozess nicht in Gang. Im Laufe der Zeit setzen sich die körpereigenen Fette direkt unter der Haut ab, wodurch es zu diesem wachsartigen Äußeren des Toten kommt. Fakt ist jedenfalls – das hat mir Dr. Patschler von der Rechtsmedizin versichert, dass auf diese Weise konservierte Leichen über Jahrzehnte nicht verwesen. Allerdings dürfte dieser Leichenfund im Gramschatzer Wald, falls die Tote tatsächlich so lange unversehrt im Waldboden ruhte, wie in der Presse steht, für die Wissenschaft eine absolute Sensation darstellen."

Er befeuchtete seinen Mund mit einem kräftigen Schluck Silvaner und schob sich mit gutem Appetit den nächsten Bissen in den Mund.

„Der Dolch scheint den Fotos nach auch gut erhalten zu sein“, überlegte Xaver Marschmann laut. „Vielleicht kann man durch die Mordwaffe in Erfahrung bringen, weshalb die Frau getötet wurde.“

„Du meinst, man kann nach so langer Zeit den Mordfall noch aufklären? Das halte ich schlicht für unmöglich!“ Ron Schneider schüttelte skeptisch den Kopf.

„Ich denke, man wird sie möglichst schnell in die Obhut der forensischen Anthropologen überführen. Wichtig ist, dass sie jetzt gut gekühlt wird, damit der Verwesungsprozess nicht einsetzt. Die Frau ist ein wichtiges Forschungsobjekt. Sicher vergleichbar mit dem Fund des Ötzi, der seinerzeit in einem Gletscher konserviert wurde.“ Die anderen pflichteten Horst Ritter bei.

„Wahrscheinlich kann man den Dolch zeitlich zuordnen, wenn man das Material analysiert. Vielleicht trägt er auch die Handschrift eines in dieser Zeit bekannten Waffenschmieds“, gab Xaver Marschmann zu bedenken.

„Alles durchaus möglich“, stimmte Erich Rottmann zu und reichte seinen letzten Bissen Öchsle hinunter. „Ich werde jedenfalls mal ein Gespräch mit meinem Verbindungsmann zur Rechtsmedizin führen. Der bekommt bestimmt was mit.“

Die Schoppenfetzer saßen noch eine gute Stunde zusammen, dann löste sich der Stammtisch auf und jeder ging seinen Beschäftigungen nach. In ein paar Stunden würden sie sich ja schon wieder im *Maulaffenbäck* treffen.

Erich Rottmann hatte sich seine Pfeife angezündet und schlenderte mit Öchsle über den Unteren Markt hinunter zum Main. Entlang der Uferpromenade spazierten die beiden in Richtung Randersacker. Rottmann wollte nachdenken und Öchsle würde die Bewegung auch guttun.

Giseldis Forgér hatte in der Nacht nach dem Leichenfund ausgesprochen schlecht geschlafen. Obwohl sie mit dem Artikel, den sie geschrieben hatte, sehr zufrieden war und ihr auch die Bilder von Schöpf-Kelle gefielen, fand sie nachts keine Erholung. Wilde Alpträume ließen sie immer wieder schweißgebadet aus den Laken hochfahren. Merkwürdige Kampfszenen, in denen Männer mit Schwertern aufeinander einhieben und Pferde vor Schmerzen laut wiehernd zusammenbrachen, von Musketenschüssen tödlich getroffen.

Um fünf Uhr stand sie auf, weil sie von der nächtlichen Quälerei genug hatte. Sie machte sich einen megastarken Kaffee, dann schlurfte sie in Pyjama und Latschen vors Haus zum Briefkasten und holte die neueste Ausgabe der Mainpostille. Vielleicht waren schon erste Leserbriefe zu ihrem Artikel zu lesen. Als sie in die Küchen trat, wurde ihr plötzlich schwindelig und sie setzte sich sicherheitshalber schnell hin.

So plötzlich, wie der Schwindelanfall gekommen war, verging er auch wieder. Ihr Kreislauf war ein altes Problem. Der Kaffee würde Abhilfe schaffen. Sie nahm vorsichtig einen Schluck, weil das Gebräu noch immer heiß war, zündete sich eine Zigarette an und schlug die Zeitung auf.

Erstaunlicherweise gab es zu dem Leichenfund noch keine Lesermeinungen. Wahrscheinlich würde es eine Weile dauern, bis die Bedeutung dieser Sensation von den Würzburgern erkannt wurde. Weiter hinten weckte ein Artikel auf den Landkreis-Seiten ihre Aufmerksamkeit. Dort berichtete ein Redakteur über die bevorstehende Premiere der Florian-Geyer-Festspiele in Giebelstadt. Während Giseldis interessiert diese Zeilen las, wurde ihr unvermutet wieder schwindelig. Diesmal so heftig, dass sie die Augen schließen und den Kopf auf die Arme betten musste. Plötzlich schwanden ihr die Sinne.

Daisy, der sensiblere Part des Doggenpärchens, verließ ihren Schlafplatz und kam langsam angetrottet. Einen Moment sah sie ihr Frauchen aufmerksam an, dann beschnüffelte sie ihr Gesicht. Schließlich stieß sie ein leises Fiepen aus, das ihre Sorge zum Ausdruck brachte. Als auch das zu keiner Reaktion bei ihrem Menschen führte, begann sie damit, Giseldis' Ohren und Wangen abzulecken. Ihre Bemühungen führten zum Erfolg. Plötzlich hob Giseldis den Kopf und stieß ein „Ähhh, Daisy, du sollst mich nicht ablecken!" hervor und wischte sich mit dem Ärmel ihres Pyjamas über das feuchte Gesicht. Daisy quittierte die Rüge völlig unbeeindruckt mit einem freudigen Jaulen und Schwanzwedeln.

Giseldis erhob sich langsam und bewegte sich in Richtung Schlafzimmer. Sie musste sich unbedingt noch ein bisschen hinlegen. Kaum lag sie im Bett und hatte die Unterschenkel auf einem Kissen etwas höher gelagert, fielen ihr auch schon die Augen zu. Daisy ließ sich zu Füßen der Bettstatt nieder. Die Tatsache, dass sich Frauchen wieder hinlegte, war nun doch etwas ungewöhnlich.

Giseldis Forgér schlief sofort ein. Fast übergangslos glitt sie wieder in einen wilden Traum hinein. Zunächst entstand vor ihrem geistigen Auge nur ein verwirrendes Kaleidoskop aus verschiedenen Farben, wobei Schwarz und Rot dominierten. Plötzlich kamen Geräusche dazu. Es klang wie ferner Donner, der immer lauter wurde und ihr schließlich fast den Schädel sprengte. Unvermutet lösten sich aus der Dunkelheit männliche Gestalten, die mit Schwertern und Hellebarden gerüstet waren und aufeinander einschlugen. Andere bekämpften sich mit Sensen, Gabeln, Dreschflegeln und Morgensternen.

Von den Schreien der verletzten Männer wachte Giseldis abermals schweißgebadet auf. Mühsam fand sie in die Gegenwart zurück. Sie setzte sich auf.

Nach ein paar Minuten wurde ihr Kopf langsam klarer. Was war nur los? Wieso träumte sie, die sonst einen fast traumlosen Schlaf hatte, plötzlich solch wirres Zeug? Der Anblick der Leiche dieser Frau unter der Wotanseiche war doch nicht so schockierend gewesen, dass sie davon so durcheinander war? Der Schlafanzug klebte an ihrem Körper und auch ihre Haare waren nass. Sie erhob sich und ging ins Bad. Eine Dusche würde ihre Lebensgeister wieder wecken. Obwohl der Raum wohltemperiert war, fröstelte sie, als sie in die Duschkabine stieg. Schnell drehte sie den Wasserhahn auf und ließ mit geschlossenen Augen das warme Wasser über ihren Körper laufen.

Plötzlich schossen hinter ihren geschlossenen Augenlidern grelle Blitze über die Hornhaut. Sie rissen szenenartige Bilder aus der Dunkelheit.

Sie sah die verzerrten Gesichter bärtiger Männer, deren weit aufgerissenen Mündern kein Ton entwich. Pferde ohne Reiter schossen vorüber und verschwanden mit dem nächsten Blitz in der Nacht. Da waren Frauen, die sich aneinanderdrängten und ängstlich um sich blickten. Dann erschien eine Hand mit einem Dolch in der Hand, die geradewegs auf sie niederfuhr. Unwillkürlich wich sie zurück und klatschte mit dem nackten Rücken gegen die Kacheln der Duschkabine. Entsetzt riss sie die Augen auf. Mit zitternden Händen stellte sie den Wasserstrahl von warm auf kalt. Das eiskalte Wasser traf sie im ersten Augenblick wie ein Schlag, belebte jedoch ihre Lebensgeister und vertrieb die Bilder. Sie stellte das Wasser erst wieder wärmer, als ihre Zähne klappernd aufeinanderschlugen. Sie seifte sich ein, ständig darauf gefasst, abermals von jenen Traumbildern überrascht zu werden. Für den Rest der Reinigungszeremonie blieben sie ihr zu ihrer Erleichterung jedoch erspart.

Als sie das Bad zehn Minuten später wieder verließ, fühlte sie sich etwas besser. Im Bademantel setzte sie sich an den Küchentisch und schmierte sich ein Marmeladenbrot.

Sie verstand einfach nicht, was mit ihr los war. Das Erlebnis im Wald konnte doch nicht der Grund sein. Als Gerichtsreporterin hatte sie schon häufiger Leichen gesehen; sogar bei Obduktionen in der Rechtsmedizin war sie dabei gewesen.

Nach dem Frühstück kleidete sie sich an, denn die Hunde mussten raus. Sie nahm die Hundeleinen vom Garderobenhaken und ging zu ihrem Auto. Der Nachteil dieser großen Hunde bestand darin, dass man sie schlecht in der Stadt Gassi führen konnte. Man musste jedes Mal aufs Land hinausfahren.

Die beiden Doggen wussten, was der Sinn dieser Autofahrt war, und zeigten sich entsprechend temperamentvoll. Giseldis hatte Mühe, die beiden Riesen ins Auto zu verladen. Sie setzte sich hinters Steuer und fuhr los. Unterschwellig fürchtete sie sich vor einem neuerlichen Anfall, während sie den Wagen lenkte. Daher betätigte sie das Gaspedal nur zurückhaltend.

Sie war so in Gedanken, dass sie gar nicht darauf achtete, welche Richtung sie eingeschlagen hatte. Irgendwann registrierte sie, dass sie durch Rimpar kam und in Richtung Gramschatz fuhr. Wie kam das? Sie hatte sicher nicht vorgehabt, hierherzufahren. Wenige Minuten später rollte der Fiat an der gleichen Stelle aus, wo sie ihn gestern hatte stehen lassen. Sie blieb hinter dem Steuer sitzen und starrte in den Wald, bis schließlich die Hunde ungeduldig zu jaulen begannen und sie die Wagentür öffnete. Sie stieg aus und ließ die Doggen heraus. Die beiden freuten sich über ihre Freiheit und rannten wild um sie herum. Entgegen ihrer sonstigen Art beachtete die Frau ihre Hunde kaum. Langsam löste sie sich von ihrem Fahrzeug und schritt in Richtung Wotanseiche und des Wurzelkraters. Je näher sie kam, umso stärker fühlte sie die mystische Anziehungskraft dieses Ortes. Auch die beiden Hunde schienen mit ihren feinen Sinnen etwas zu bemerken, denn sie folgten Giseldis plötzlich eher zögerlich, in einigem Abstand.

Das Erdloch war leer. Trotzdem glaubte Giseldis Forgér im lehmigen Untergrund die Umrisse der Leiche zu sehen. Sie hatte Mühe, sich dem aufkommenden Zwang zu widersetzen, in die Grube hinunterzusteigen.

Unvermutet geschah es wieder: Die Bildfragmente trafen sie wie ein Blitz aus heiterem Himmel. Sie sah Blut, schemenhaft Männer, die miteinander kämpften, und, viel klarer, eine rothaarige Frau, die sich schützend vor einen der Männer stellen wollte. Doch ehe sie dies tun konnte, brach der Mann, den die Frau schützen wollte, blutüberströmt zusammen. Die beiden anderen drangen sofort auf die Frau ein. Ein Schwert traf sie am Kopf und sie brach zusammen. Einer der Angreifer zückte einen Dolch und rammte ihn ihr ins Herz.

Eine Sekunde später war der Spuk vorbei. Die Journalistin wankte und musste sich auf dem Stamm der gestürzten Eiche niederlassen. Die beiden Doggen kamen zögernd näher und ließen sich ein Stück von ihr entfernt nieder. Ihnen war das Verhalten ihres Menschen nicht geheuer. Giseldis war wieder schweißgebadet. Sie nahm ihre großrahmige schwarze Brille ab und wischte sich mit der Handfläche über die Stirn.

Als Giseldis sich ein wenig erholt hatte, erhob sie sich. Der Anfall schien vorüber. Sie warf einen letzten Blick hinunter, dann entfernte sie sich zögerlich. Die Magie des Erdlochs schwand, je weiter sie sich von ihm entfernte.

Noch immer völlig gefangen von ihrem Erlebnis, schlenderte Giseldis ein Stück den Waldweg entlang in Richtung Gramschatz. Es gab für sie jetzt keinen Zweifel mehr, dass diese intensiven Wahrnehmungen eine tiefere Bedeutung hatten. Fast schien es ihr, als wollte ihr die Tote eine Botschaft zukommen lassen.

Giseldis Forgér war eigentlich eine sachlich denkende Frau. Noch nie hatte sie an übersinnliche Phänomene oder ähnlichen Unsinn geglaubt. Jetzt kam es ihr aber so vor, als wolle ihr die Tote aus der Vergangenheit einen Auftrag erteilen. Eine Vorstellung, die sie, hätte ihr jemand anders davon erzählt, als puren Schwachsinn abgetan hätte.

Sie blieb so plötzlich stehen, dass Donald gegen ihren Hintern stieß und sie dabei fast umwarf.

„Kommt!“, rief sie den Doggen zu und machte eine scharfe Kehrtwendung. Sie musste unbedingt die näheren Umstände des Todes der Frau erfahren. Wozu hatte sie denn ihre Beziehungen?

Giseldis brachte ihre beiden Hunde nach Hause und gab ihnen reichlich Futter, damit die beiden Riesen einige Stunden ruhend mit ihrer Verdauung verbringen würden. Ansonsten bestand die Gefahr, dass die beiden ihre Langeweile an der Wohnungseinrichtung ausließen. Anschließend schnappte sie sich das Telefon und rief im Institut für Rechtsmedizin an. Zu Dr. Patschler, dem Rechtsmediziner, hatte sie im Rahmen ihrer Tätigkeit als Gerichtsjournalistin eine ganz gute Beziehung aufgebaut. Die Sekretärin erklärte ihr mit professionellem Bedauern, dass Dr. Patschler zurzeit für die Presse nicht zu sprechen sei. Giseldis Forgér hielt sich nicht lange mit der Frau auf. Aus der Zeit, als Patschler gehofft hatte, bei Giseldis auch privat Chancen zu haben, hatte sie noch seine Handynummer abgespeichert. Hoffentlich war die Nummer noch aktuell. Während sie auf ihrem Handy danach suchte, musste sie schmunzelnd daran denken, dass es dem Rechtsmediziner sauer aufgestoßen war, als sie ihm nach einigen Kontaktversuchen unmissverständlich klargemacht hatte, dass er nicht ihr Typ sei. Letztendlich hatte er es sportlich genommen.

Sie freute sich, als er sich nach einigen Klingeltönen tatsächlich meldete.

„Ah, lieber Dr. Patschler, schön, dass ich Sie erreiche. Hier Gisi Forgér."

Es trat eine kurze Pause ein, dann erwiderte er mit Verwunderung in der Stimme: „Sie haben noch immer meine Nummer?"

„Tut mir leid, wenn ich Sie auf diesem Wege belästige, aber über das Festnetz war leider kein Durchkommen."

„Ja, wir haben uns ziemlich abgeschottet, weil wir durch die Pressemitteilung über den Leichenfund mit Anfragen regelrecht überschwemmt werden."

Er machte eine kurze Pause, dann fuhr fort: „Ich nehme mal an, dass Ihr Anruf den gleichen Hintergrund hat und nicht privater Natur ist?"

„So ist es. Ich würde mir die Tote gerne mal in Ruhe ansehen und vielleicht auch ein paar Fotos machen. Wäre das möglich? Sie haben meine verbindliche Zusage, dass ich nichts veröffentlichen werde, was nicht von Ihnen autorisiert ist. Die Leiche ist doch noch bei Ihnen im Haus?"

Ihr Gesprächspartner zögerte eine Weile. Giseldis hielt den Atem an.

„Okay", kam es schließlich aus dem Telefon, „lassen Sie aber, wenn Sie kommen, Ihren Fotoapparat nicht sehen, weil draußen Ihre Kollegen lauern. Ich möchte nicht, dass sie merken, dass ich Ihnen Sonderrechte einräume. Ich werde die Sekretärin an der Pforte verständigen, damit sie Sie reinlässt."

Die Journalistin wollte sich noch überschwänglich bedanken, aber da hatte Dr. Patschler schon aufgelegt.

Giseldis Forgér stand vor ihrem Kleiderschrank und überlegte. Sie musste etwas anziehen, was sie nicht sofort als Journalistin erkennen ließ. Sie wählte eine weiße, hochgeschlossene Bluse und einen dunklen Hosenanzug. Mit einem Blick in den Spiegel überzeugte sie sich davon, dass sie ausgesprochen seriös wirkte. Ihre Kamera packte sie in ihre Umhängetasche, dann schnappte sie sich noch ihren schwarzen Aktenkoffer, der ihre Verkleidung vervollkommnete. Mit einem „Macht mir hier keinen Unfug" in Richtung der Hunde verließ sie ihre Wohnung.

Da ihr roter Fiat in weiten Journalistenkreisen bekannt war, ließ sie ihn ein ganzes Stück von der Rechtsmedizin entfernt in der Versbacher Straße stehen und ging die restliche Strecke zu Fuß.

Dr. Patschler hatte Recht. Vor dem Eingang des Instituts standen ein paar Typen herum, die sie eindeutig als Kollegen identifizierte. Zum Glück kannte sie keinen persönlich. Auf dem Parkplatz standen mehrere Fahrzeuge mit Aufklebern bekannter Presseorgane, darunter auch der örtliche TV-Sender.

Giseldis ging wie selbstverständlich an ihnen vorbei und warf den Männern dabei nur einen flüchtigen Blick zu. Die Journalisten musterten sie kurz und stuften sie dann als uninteressant ein.

Die informierte Sekretärin ließ sie ein.

„Einen Augenblick bitte, ich werde Herrn Dr. Patschler Bescheid sagen", erklärte sie kurz, während sie Forgérs rote Haare mit einem kritischen Blick musterte.

Patschler kam einen Augenblick später den Flur entlanggeeilt. Sein weißer Ärztemantel blähte sich wie ein Segel hinter ihm auf. „Kommen Sie mit mir", bat er nach einer knappen Begrüßung. Wobei ihr nicht entging, dass er sie musterte. Sie schmunzelte. Sie wusste, dass sie in dem Hosenanzug einen knackigen Po hatte.

„Wir haben die Tote zunächst bei uns in der Kühlung gelagert", erläuterte er. „In zwei Tagen werden Kollegen von der forensischen Anthropologie kommen und die Leiche in Augenschein nehmen. Sie können sich sicher vorstellen, dass die Dame von immenser wissenschaftlicher Bedeutung ist."

Der Rechtsmediziner öffnete den Riegelverschluss der schweren Kühlkammertür, die sich mit einem saugenden Geräusch aufziehen ließ. Giseldis hatte mittlerweile ihren Fotoapparat herausgeholt und sich um den Hals gehängt.

„Der Anblick macht Ihnen ja sicher nichts aus", stellte Dr. Patschler fest, während er als Erster den Raum betrat. Die Neonröhren an der Decke hatten sich automatisch eingeschaltet. Der Journalistin schauderte, als ihr die Kälte des Raumes entgegenschlug. Der intensive Formalingeruch war plötzlich allgegenwärtig.

Der vollständig mit weißen Fliesen gekachelte Raum war etwa zwanzig Quadratmeter groß. Darin standen vier Rollbahren. Drei davon im hinteren Bereich, vorn an der Tür die vierte. Auf jeder der Bahren konnte man unter weißen Laken die Umrisse menschlicher Körper erkennen.

„Unsere Dame liegt hier vorne." Patschler zog das Laken zurück. Da lag sie, angekleidet und mit lehmiger Erde verschmiert, wie man sie gefunden hatte.

Das friedliche Gesicht der Frau sah aus wie eine Totenmaske aus weißem Marmor. Der Dolch, der noch immer in ihrer Brust steckte, wirkte wie ein Kreuz, das aus ihrem Oberkörper herauswuchs.

Dr. Patschler erzählte etwas von den forensischen Anthropologen, die versuchen würden, anhand der Kleidung der Toten und mit verschiedenen Untersuchungsmethoden mehr über ihr Alter und ihre Herkunft herauszufinden.

Giseldis Forgér hörte seine Stimme wie aus weiter Entfernung. Wieder hatte sie das Gefühl, ein Blitz würde sie von Kopf bis Fuß durchfahren. Sie empfand es wie an dem Grab im Wald, nur um ein Vielfaches intensiver. Es verschlug ihr regelrecht den Atem und aus ihrem Gesicht wich jede Farbe. Sie schloss die Augen.

„Geht es Ihnen nicht gut?", fragte der Rechtsmediziner an ihrer Seite besorgt und griff nach ihrem Arm.

Mühsam hob sie die Lider. „Danke", erwiderte sie leise. Es gelang ihr nicht, das Zittern in ihrer Stimme zu verbergen. Sie zwang sich, den Fotoapparat zu heben und eine ganze Serie Bilder zu schießen. Schließlich drehte sie sich um und verließ den Kühlraum. Draußen lehnte sie sich gegen die Wand und schöpfte Atem.

Dr. Patschler bedeckte die Tote wieder mit dem Tuch, dann schloss er den Raum.

„Es ist nur der Geruch", erklärte Forgér und winkte ab, als er sie stützen wollte. „Danke, es geht schon wieder." Tatsächlich kehrte langsam Farbe in ihr Gesicht zurück.

Zehn Minuten später passierte sie wieder die Presseleute vor dem Eingang des Instituts. Noch völlig gefangen von dem eben Erlebten und den Gefühlen, welche es in ihr ausgelöst hatte, setzte sie sich in ihr Auto. Eine Weile starrte sie gedankenverloren durch die Windschutzscheibe. Konnte es sein, dass man sich in eine Tote verliebte? Den Aufruhr ihrer Gefühle konnte sie nicht anders definieren. Sie lehnte sich gegen die Kopfstütze und schloss die Augen.

Als sie sie wieder öffnete, wusste sie, was sie zu tun hatte.

Der historische Innenhof des Weinhauses *Zum Stachel* in der Würzburger Gressengasse war zu dieser späten Abendstunde bis auf den letzten Platz besetzt. Der warme Sommertag hatte zahlreiche Bürger und Touristen in das bekannte Weinlokal gelockt, die es sich in dem romantischen Ambiente gutgehen ließen. Die Hitze des Tages war vorüber und die laue Luft sorgte für eine entspannte Stimmung. An einer langen Tafel in der Nähe der ins obere Stockwerk führenden Treppe saß eine besonders lustige Gruppe, die mit ihrer Lautstärke und ihrem ausgelassenen Gelächter neugierige Blicke der anderen Gäste auf sich zog.

„Was sind denn das für Leute?", wollte eine ältere Dame mit gedämpfter Stimme von Steffi, der Bedienung, wissen. Sie saß mit einem Pudel auf dem Schoß alleine an einem kleinen, runden Tisch in der Nähe und ließ sich ihren Schoppen schmecken. Als Stammgast kannte sie die Servicekräfte gut.

„Das sind die Hauptdarsteller von den Florian-Geyer-Festspielen in Giebelstadt. Sie hatten heute Premiere, und Richi, unser Chef, hat sie zur Feier in den *Stachel* eingeladen. Wie ich gehört habe, hat bei der Vorstellung alles gut geklappt. Die Zuschauer sollen außer Rand und Band gewesen sein. Der Regisseur ist auch dabei und hat schon die zehnte Flasche Wein spendiert. Sie kennen ja sicher den historischen Bezug des Florian Geyer und der Schwarzen Rotte zu unserem *Stachel*."

„Ja, ja, natürlich", gab die Dame zurück, „ich kenne die Geschichte aus dem Bauernkrieg, als der Florian Geyer und der Götz von Berlichingen anno 1525 hier im *Stachel* mit ihren Leuten gehaust und sich mit den Bürgern gegen den Bischof zusammengetan haben. Angeblich sollen sie ja hier oben einen Morgenstern zum Fenster hinausgehängt haben, zum Zeichen, dass hier der Versammlungsort war.

Ich habe mir dieses Spektakel in Giebelstadt auch schon angesehen. Da geht es ja ziemlich rau zu. Ich schau mir da lieber im Fernsehen eine Liebesschnulze an."

Die Bedienung lachte und ging zum nächsten Tisch, nachdem die Dame bei ihr noch einen weiteren Schoppen bestellt hatte. Es war mittlerweile ihr dritter. Der Silvaner vom Stein schmeckte ihr, wie so oft, von Glas zu Glas immer besser.

Die alte Dame und ihr Hund waren längst gegangen, als der Regisseur leicht schwankend von seinem Stuhl aufstand, sein Glas erhob und mit schwerem Zungenschlag verkündete: „Herrschaften, ich trinke auf die nächsten fünf Vorstellungen. Mögen sie genauso erfolgreich verlaufen wie die Premiere! Auf eure Gesundheit!" Die anderen Schauspieler stießen mit ihm an. „Außerdem", fuhr er fort, „möchte ich noch auf Richi Huttner, unseren geschätzten Gastwirt, anstoßen, der uns so großzügig seine Gastfreundschaft gewährt. Es soll ihm ein ganzer Sternenhimmel von Michelinsternen zuerkannt werden!" Jetzt erst führten die Schauspieler ihre Gläser zum Mund.

Der Wirt, der sich vor einiger Zeit zu ihnen gesetzt hatte, bedankte sich für die freundlichen Worte und erklärte, dass er, dem Anlass angemessen, noch eine Runde eines besonders edlen Tresterschnapses ausgeben würde.

Nach dem Schnaps löste sich die Gesellschaft langsam auf. Taxis wurden gerufen und fuhren die Schauspieler nach Hause. Lediglich Richard Günter Koppelkamm, der Darsteller des

Wilhelm von Grumbach, Schauspieler am Mainfrankentheater und wohnhaft in Würzburg, trank noch einen letzten Absacker mit Richi, ehe er sich dann auch erhob, sich lautstark vom Wirt verabschiedete und schwankend den Hof verließ. Richi schlug die Flügel des schweren Holztores hinter ihm zu und schloss ab.

Richard Günter Koppelkamm ging zwei Schritte zur Seite, bis er unter dem Erker stand. Er nahm eine Zigarette aus der Schachtel und zündete sie an. Den heftigen Schlag, der ihm brutal den Schädel zertrümmerte, nahm er nicht mehr wahr. Wie eine gefällte Eiche brach der Mann tödlich getroffen auf dem Kopfsteinpflaster vor dem *Stachel* zusammen.

Nur ein paar Minuten später verließ Richi Huttner sein Lokal und schloss die Tür zur Gaststube ab. Als er die wenigen Stufen vom Lokal zur Straße hinuntergestiegen war, blieb er plötzlich wie angewurzelt stehen. Fast wäre er über die Leiche von Richard Günter Koppelkamm gestolpert, die verkrümmt auf dem Kopfsteinpflaster lag. Rings um Koppelkamms Kopf entstand eine sich ständig vergrößernde Blutlache. Mit Entsetzen bemerkte Richi Huttner den merkwürdigen Gegenstand, der aus dem Schädel herausragte. Er kam ihm bekannt vor, aber ehe er sich darüber Gedanken machen konnte, wandte er seinen Blick ab, weil er spürte, dass ihm schlecht wurde. Mühsam riss er sich zusammen, griff mit zitternden Händen zum Mobiltelefon und wählte die Notrufnummer der Polizei.

Es dauerte eine knappe Viertelstunde, bis die erste Polizeistreife in die Gressengasse einfuhr. Die beiden Beamten stiegen aus und begutachteten kurz die Leiche, dann verständigten sie den Kriminaldauerdienst. Richi Huttner hatte sich völlig verstört auf der Treppe seines Lokals niedergelassen. Er konnte es einfach nicht fassen, dass ein Mensch, mit dem er sich gerade eben noch unterhalten hatte, nun tot auf dem Kopfsteinpflaster vor seinem Lokal lag.

Weitere zehn Minuten vergingen, bis die gesamte Mannschaft, die in solchen Fällen zum Einsatz kam, vom Unteren Markt kommend, am Tatort eintraf. Es war purer Zufall, dass Hauptkommissar Florian Deichler Dienst hatte. Routiniert gab er die notwendigen Anweisungen, dann zog er sich Gummihandschuhe an und betrachtete die Leiche. Als Erstes stach ihm der medizinballgroße, sternenförmig gezackte Gegenstand, der sich in den Kopf des Mannes gebohrt hatte, ins Auge. Es gab keinen Zweifel, dass dieser zum Tod geführt hatte.

„Wer hat den Mann gefunden?“, fragte er einen der Streifenbeamten, während er vorsichtig in den Taschen des Toten nach Ausweispapieren suchte.

„Der Wirt vom *Stachel*“, gab der Beamte zurück und deutete in Richtung Treppe, wo Richi Huttner noch immer saß und völlig verstört die Männer beobachtete, die dabei waren, vor seinem Lokal Scheinwerfer zu installieren, um den Tatort vollständig auszuleuchten.

Deichler hatte mittlerweile die Brieftasche des Toten gefunden, in der sich dessen Personalausweis befand. „Richard Günter Koppelkamm“, las Deichler und erhob sich. Der Name war ungewöhnlich und prägte sich leicht ein. Wenn er sich nicht irrte, hieß so ein Schauspieler des Mainfranken Theaters Würzburg.

Florian Deichler ging auf den Wirt zu, der sich erhob. Der Kriminalbeamte kannte natürlich den Pächter. Jeder in der Stadt wusste, dass Huttner den *Stachel* in den letzten Jahren zu einem renommierten Gourmetrestaurant gemacht hatte. Deichler hatte es sich hier auch schon schmecken lassen.

„Guten Abend“, er zögerte kurz, dann verbesserte er sich, „vielmehr guten Morgen, Herr Huttner. Wie mir gesagt wurde, haben Sie den Toten gefunden? Können Sie mir dazu etwas sagen?“

Der Wirt strich sich mit seinen feuchten Handflächen über die Jeanshose. „Richard Günter war bis vor kurzem noch bei mir zu Gast. Wir haben auf die Premiere der Florian-Geyer-Festspiele angestoßen, bei denen er mitspielt. Richard Günter war dann der Letzte, der den Hof verlassen hat, und ich habe das Tor hinter ihm abgeschlossen. Ich bin dann noch einmal ins Lokal gegangen, habe alle Lichter ausgemacht und bin dann ebenfalls gegangen. Als ich auf die Straße trat, habe ich ihn dann dort liegen sehen. Ich war total geschockt. Es hat etwas gedauert, bis ich kapierte, dass es die Laterne vom Lokal war, die ihm aus dem Kopf ragte. Dann habe ich die Polizei angerufen.“

„Haben Sie den Toten angefasst?“

Huttner schüttelte energisch den Kopf.

„Den Gegenstand in seinem Kopf haben Sie als Laterne bezeichnet. Wie kommen Sie darauf?“

Huttner deutete mit der Hand nach oben zum Erker. Dort ragte ein Metallstab aus der Hauswand.

„Dort oben hängt eine Lampe in Form eines Morgensterns. Anscheinend ist sie heruntergefallen und hat sich dem Mann direkt in den Schädel gebohrt.“ Ein Stöhnen entrang sich seinem Mund. „Ich kann mir das nicht erklären, sie war bombenfest montiert. Außerdem befinden sich doch auch die elektrischen Kabel dran. Das kann eigentlich nicht sein.“ Er verstummte.

Ein weiteres Fahrzeug war eingetroffen. Dr. Patschler, der Rechtsmediziner, stieg griesgrämig aus und kam zu Deichler herüber.

„Sagt mal, müssen sich hier in Würzburg immer alle Leute zu solch unmöglichen Zeiten umbringen lassen?“

Deichler zuckte nur mit den Schultern. Der Rechtsmediziner hatte auch keine Antwort erwartet. Er stellte seinen Arztkoffer neben dem Toten auf das Pflaster, zog sich Gummihandschuhe über und begann, die Leiche zu untersuchen. Dabei sah er prüfend hinauf zum Tor. Schließlich erhob er sich wieder und wandte sich an Deichler.

„Der Mann kann noch nicht lange tot sein", erklärte er. „Das Blut ist noch nicht geronnen, die Totenstarre noch nicht eingetreten."

„Etwa eine Dreiviertelstunde", erklärte Deichler. „Wir haben einen Zeugen."

„So sieht das also aus, wenn einem ein Licht aufgeht", fügte der Rechtsmediziner ironisch an, dann wurde er aber wieder sachlich. „Das riecht stark nach einem Unfall. Offenbar hat sich diese Lampe aus ihrer Aufhängung gelöst und ist dem Mann auf den Kopf gefallen. Sie besteht aus stabilem Glas und ist an den Kanten mit Blei verlötet. Das Gewicht reicht bei der Fallhöhe locker, um einen Schädel zu durchbohren. Warum und weshalb sich die Lampe lösen konnte, müsst allerdings ihr herausfinden. Im Übrigen, wie üblich, Einzelheiten nach der Obduktion. Ich denke, ich kann ihn gleich morgen drannehmen. Bei uns ist zurzeit nicht viel los."

Er zog seine Handschuhe aus und drückte sie kurzerhand einem angewidert dreinschauenden Polizeibeamten zur Entsorgung in die Hand. Dann winkte er knapp, setzte sich in sein Auto und fuhr davon.

Jetzt machten sich die Spurensicherer und der Fotograf an die Arbeit. Der Leichenwagen war ebenfalls eingetroffen. Die beiden Herren in ihren grauen Arbeitsmänteln standen neben ihrem Fahrzeug, rauchten und warteten stumm auf ihren Einsatz.

Das Blitzlicht des Fotoapparats des Polizeifotografen übertraf das Licht der Scheinwerfer bei weitem und tauchte die Szene in gleißende Helligkeit.

Deichler, der sich noch immer mit dem Wirt unterhielt, achtete nicht weiter darauf, was um ihn herum geschah. Plötzlich jedoch stutzte er. Irgendetwas passte nicht. Er fand auch schnell heraus, was: Zwischen den Blitzen des Fotografen erhellte ein weiterer Blitz die Szene, der da nicht hätte sein dürfen. Deichler kniff die Augen zusammen. Tatsächlich, an der Ecke zur Gressengasse stand eine Gestalt mit einer Kapuze auf dem Kopf und fotografierte.

Der Kriminalkommissar entschuldigte sich bei Richi Huttner und eilte hinüber. „Hey, Sie da, was machen Sie da?", rief er mit scharfem Ton und stellte sich dem Mann in den Weg, damit er keine Sicht mehr auf die Leiche hatte.

„Schöpf-Kelle, Sie?", rief er erstaunt und verärgert zugleich, als er unter der Kapuze den Reporter erkannte. „Was machen Sie denn hier? Das ist ein Tatort, unterlassen Sie gefälligst das Fotografieren!"

„Morgen, Herr Kommissar", gab Schöpf-Kelle keineswegs beeindruckt zurück. Er war es gewohnt, dass man sich über seine Gegenwart in solchen Fällen nicht gerade freute. „Zufällig habe ich davon erfahren, dass hier ein Verbrechen geschehen sein soll. Es ist mein Job, unsere Leser von derartigen Ereignissen zu unterrichten."

„Sie haben doch wieder den Polizeifunk abgehört!", stellte der Kriminalbeamte verärgert fest.

„Wie kommen Sie denn darauf?", gab der Journalist mit treuherzigem Blick zurück. „Es weiß doch jeder, dass das nicht erlaubt ist."

„Schöpf-Kelle, treiben Sie es nicht zu bunt. Irgendwann wird man Ihre Wohnung durchsuchen und dann sind Sie dran."

„Aber Herr Kommissar, Sie wissen doch, dass das gar nicht zulässig ist. Lassen Sie mich doch meine Arbeit machen."

Florian Deichler streckte die Hand aus. „Los, geben Sie mir die Speicherkarte aus Ihrer Kamera und dann verziehen Sie sich."

„Dazu haben Sie kein Recht!", schimpfte Schöpf-Kelle und schob seine Kamera am Riemen auf seinen Rücken.

„Wenn Sie die Speicherkarte nicht freiwillig herausgeben, beschlagnahme ich die ganze Kamera", erwiderte Deichler. „Sie gefährden die Ermittlungsarbeit der Polizei und beeinträchtigen die Persönlichkeitsrechte der hier anwesenden Beamten. Das genügt als Grund!"

Der Reporter verzog wütend das Gesicht, dann holte er die Kamera hinter seinem Rücken hervor. „Ich weiche der brutalen Polizeigewalt", stieß er zwischen den Zähnen hervor. Umständlich öffnete er das Fach der Kamera, in dem sich die Speicherkarte befand.

„Beeilen Sie sich", brummte Deichler und warf einen schnellen Blick zum Tatort hinüber, „ich habe nicht die ganze Nacht Zeit."

„Ja, ja", schimpfte Schöpf-Kelle und drückte schließlich dem Kriminalbeamten die kleinen Mikro-SD-Karte in die Hand. „Ich werde mich über Sie beschweren!"

„Tun Sie das", gab Deichler unberührt zurück und steckte den winzigen Datenträger in seine Jackentasche. „Und jetzt gehen Sie. Es wird sicher eine Pressekonferenz geben, da können Sie dann Ihre Informationen bekommen wie jeder andere Journalist auch."

Ohne ein weiteres Wort drehte sich Schöpf-Kelle um und ging. Sein Auto hatte er in der Domstraße abgestellt. Als er auf dem Weg dorthin am Petrinihaus vorbeimarschierte, zog ein spöttisches Lächeln über sein Gesicht. Für wie dumm hielt ihn dieser Deichler eigentlich? Selbstverständlich hatte er blitzschnell die Speicherkarte aus der Kamera gegen einen leeren Datenträger ausgetauscht, den er immer als Reserve in der Tasche trug. Schade, dass er das Gesicht dieses Deichler nicht sehen konnte, wenn der sich den Inhalt der Speicherkarte auf dem Computer ansehen wollte. Er kicherte leise. Jetzt würde er sich an seinen Rechner setzen und schnell einen kurzen Aufmacher für die morgige Ausgabe der Mainpostille schreiben. Er hatte natürlich mitbekommen, wer der Tote vor dem *Stachel* war, wusste aber keine Einzelheiten zum Wie und Warum. Aber das machte nichts. Ein paar gekonnte Sätze, in denen er fast nur Fragen stellen würde, zusammen mit einem Bild vom Tatort, sollte fürs Erste genügen. Auf jeden Fall würde er damit Giseldis Forgér um Längen schlagen. Er setzte sich in seinen Wagen und gab Gas. In spätestens einer Stunde musste der Artikel in der Redaktion sein.

Als Deichler zum Tatort zurückkam, hatte er den Zwischenfall mit Schöpf-Kelle schon fast wieder vergessen. Der Kerl war nun halt mal ein sensationsgieriger Bursche, und Deichler war schon des Öfteren mit ihm zusammengerückt.

Der Wirt stand noch immer an der Stelle, wo der Kriminalbeamte ihn hatte stehen lassen.

„Was wird nun aus dem Mann?“, fragte er leise.

„Er kommt in die Rechtsmedizin und wird obduziert“, gab Deichler Auskunft. „Wir müssen trotz der Offensichtlichkeit die genaue Todesursache feststellen. Dann geht die Lampe zu den Technikern. Es muss zweifelsfrei begutachtet werden, warum sie herunterfallen konnte.“

Huttner schüttelte den Kopf. „Ich kann es immer noch nicht fassen.“ Mit einem letzten Blick auf die Leiche fragte er: „Brauchen Sie mich noch oder kann ich gehen?“

Florian Deichler überlegte einen Augenblick, dann nickte er: „Gehen Sie. Aber kommen Sie morgen bitte ins Dezernat und bringen Sie mir eine möglichst vollständige Liste Ihrer Mitarbeiter und der Ihnen bekannten Gäste, die gestern bei ihnen eingekehrt sind, mit. Und an der Lampenaufhängung darf nichts verändert werden, bevor sie sich unsere Techniker morgen angesehen haben."

„Glauben Sie, dass einer meiner Leute oder ein Gast dort oben herummanipuliert hat? Das kann ich mir einfach nicht vorstellen. Wie soll das gegangen sein? Der Zugang zum Erker ist abgeschlossen und nur ich habe den Schlüssel."

Deichler zuckte mit den Schultern. „Wir müssen alle Möglichkeiten von Fremdeinwirkung ausschließen, ehe wir von einem Unfall ausgehen können. Haben Sie eigentlich für den ganzen Abend ein Alibi?"

Der Wirt zog die Augenbrauen in die Höhe. „Ich war ständig in der Küche oder mit den Gästen beschäftigt. Wenn ich mich längere Zeit entfernt hätte, wäre das aufgefallen. Sie können ja meine Mitarbeiter befragen."

Deichler legte ihm besänftigend die Hand auf die Schulter. „Ich muss Sie das fragen. Reine Routine."

„Verstehe." Richi Huttner hob schwach die Hand, dann eilte er in Richtung Marktgarage davon, wo sein Auto stand.

Eine Viertelstunde später wurde die Leiche Koppelkamms abtransportiert. Kurz darauf packten die Polizisten ihre Utensilien zusammen und verließen den Tatort.

Florian Deichler fuhr ebenfalls nach Hause und legte sich müde ins Bett. Er hoffte, dass er diese Nacht nicht mehr gerufen wurde.

Erst nachdem wieder völlige Ruhe in die Gressengasse eingekehrt war, löste sich aus dem Hausschatten einer Bäckerei in der benachbarten Marktgasse eine Gestalt. Langsam schlenderte sie am *Stachel* vorbei. Als sie die Blutlache erreichte, die die Männer der Spurensicherung mit einem Bindemittel überstreut hatten, blieb sie einen Augenblick stehen und musterte, tief in Gedanken versunken, eine ganze Weile die Stelle, die sich deutlich vom dunklen Pflaster abhob. Sie spürte noch immer die Erregung über die neue, unheimliche Macht, die ihr zugefallen war.

Wie in Trance marschierte sie weiter.

Etwa zur gleichen Zeit, als im Weinhaus *Zum Stachel* die Schauspieler des Florian-Geyer-Schauspiels ihre dritte Flasche Wein öffneten, betrat ein Mann namens Damian den Garten eines abgelegenen, in der Nähe der Bahnlinie Würzburg – Treuchtlingen liegenden gelblichen Einfamilienhauses im Stadtteil Heidingsfeld. Er läutete am Hintereingang und wandte sein Gesicht der kleinen Überwachungskamera zu, die dort installiert war. Nachdem seine Identität überprüft worden war, kam eine befehlende Stimme aus der Gegensprechanlage. „Geh in den Umkleideraum, zieh dich um und erwarte dort weitere Befehle!"

„Ja, Herrin", erwiderte der Mann, dann hörte er das Summen des Türöffners und trat ein. Er besuchte dieses Haus etwa einmal im Monat, daher waren ihm die Örtlichkeiten vertraut. Der Boden des ansonsten kahlen Kellergeschosses war durchgängig mit flauschigem Teppichboden ausgelegt. Er öffnete eine Tür zur Linken und betrat das Umkleidezimmer, das mit einer Bank und mehreren Kleiderspinden ausgestattet war. Von der Decke leuchtete eine nackte Neonröhre, der Raum hatte keine Fenster.

In dem Bewusstsein, dass jede seiner Bewegungen von einer Überwachungskamera beobachtet wurde, kleidete er sich aus und hängte seine Sachen in einen der Spinde. Jetzt hatte er lediglich einen schwarzen Latexbody an, den er unter seinem Anzug getragen hatte. Seine Beine waren nackt. Aus einer mitgebrachten Aktentasche holte er Ledersandalen nach römischem Muster, die an den Waden mit schmalen Ledergurten geschnürt wurden. Dann brachte er noch eine Gesichtsmaske aus Latex hervor, die er sich hastig über den Kopf zog. Er durfte keine Zeit verlieren, sonst würde ihn seine Herrin bestrafen. Die Maske hatte Öffnungen für die Augen, die Nasenlöcher und den Mund. Ansonsten schmiegte sie sich wie eine zweite Haut an seinen Schädel. Kaum war er fertig, kam schon wieder die harte Stimme aus einem Lautsprecher an der Decke: „Sklave Damian, du bist langsam! Zu langsam! Das erfordert eine Bestrafung!“

„Ja, Herrin“, hauchte Damian und nahm sofort eine devote Haltung ein.

„Geh ins Bad, nimm dir Wasser und eine kleine Bürste und reinige die Bodenfliesen.“

„Jawohl, Herrin“, flüsterte Damian und beeilte sich den Befehl auszuführen.

Das Bad lag neben dem Umkleideraum. Nachdem Damian schon mehrmals diese Strafe verrichten musste, kannte er sich aus. Er nahm sich aus einem Spiegelschrank eine kleine Schüssel und eine Zahnbürste, dann ließ er am Waschbecken Wasser in eine Schüssel. Er vermied es tunlichst, sein eigenes Spiegelbild zu betrachten. Schließlich kniete er sich nieder und begann eifrig mit der Zahnbürste die Bodenfliesen zu bearbeiten.

Nach etwa einer Viertelstunde ging plötzlich die Badezimmertür auf und eine Frau betrat das Bad. Sie trug wie Damian einen Latexbody, dazu jedoch hohe Schaftstiefel aus Lackleder, beide in Blutrot. Der Body war mit Metallaccessoires besetzt, die ihre weiblichen Formen betonten. Sie trug keine Kopfhaube, jedoch waren ihre Augen hinter einer schwarzen Maske verborgen. Ihre blutroten Haare waren zu einer wild abstehenden Mähne frisiert. Ihre Hände steckten in fingerlosen Handschuhen, welche mit Metallnieten besetzt waren. In der Hand hielt sie eine kurze schwarze Reitgerte, mit der sie sich nun klatschend gegen den Schaft des rechten Stiefels schlug.

„Sklave, du widersetzt dich deiner Herrin?", rief sie mit scharfer Stimme.

Damian sank sofort in eine unterwürfige Haltung.

„Gnade, Herrin", gab er leise von sich.

Sie trat ein Stück näher, so dass sie nun knapp vor ihm stand. „Küss mir die Stiefel!", ordnete sie an, dabei schlug sie ihm wohldosiert, knapp unter der Schmerzgrenze, mit der Gerte auf den gebeugten Rücken.

Sklave Damian ließ die Bürste fallen und rutschte in devoter Haltung auf den Knien zu seiner Herrin, um umgehend den Befehl auszuführen.

„Willst du für deinen Ungehorsam bestraft werden?", fragte sie streng.

„Ich bitte um eine angemessene Strafe."

„Dann steh auf und folge mir", ordnete sie an und drehte sich um. Damian beeilte sich, ihr zu folgen.

Ein paar Türen weiter betraten sie einen ebenfalls fensterlosen Raum, dessen Wände überall mit schwarzen Tüchern verhängt waren. An einer Stelle befand sich an der Wand ein Andreaskreuz aus Holz. An den Enden der x-förmig gekreuzten Balken waren glänzende Handschellen befestigt. Wortlos stellte sich Sklave Damian mit dem Gesicht vor das Andreaskreuz und ließ sich an Händen und Füßen fesseln.

„Bist du bereit für deine Strafe, Sklave?"

Damian nickte. „Ja, Herrin."

Als der Mann zwei Stunden später das Haus wieder verließ, war er entspannt und ausgeglichen. Aller Stress seines verantwortungsvollen Jobs war von ihm abgefallen. Diese Frau war ihr Geld wirklich wert.

Er hatte sein Auto ein ganzes Stück entfernt auf dem Parkplatz vor dem Radlersaal geparkt. Es wäre für ihn in seiner Position als Leiter der Würzburger Mordkommission äußerst tragisch gewesen, wenn man ihn mit dem Studio in dem gelblichen Haus in Verbindung gebracht hätte. Pfeifend ließ sich Erster Kriminalhauptkommissar Sebastian Krämer hinter das Steuer seines BMW fallen. Geladen mit frischer Energie, würde er sich gleich morgen früh die renitente Schreibkraft aus seiner Abteilung vorknöpfen, die ihm schon seit mehreren Monaten gewaltig auf den Wecker ging.

Madame Thekla räumte unterdessen die Utensilien auf, die sie zur „Behandlung" ihres Kunden benötigt hatte, ging anschließend in ihre Wohnung zurück und zog sich um.

Für Sebastian Krämer hielt der nächste Tag allerdings ganz andere Überraschungen bereit. Als er so gegen neun Uhr sein Büro betrat, kam ihm sein Kollege Deichler mit der Zeitung in der Hand entgegen. Krämer, der es absolut nicht leiden konnte, wenn man ihn sofort nach seiner Ankunft, noch vor seiner ersten Tasse Kaffee, mit dienstlichen Problemen überfiel, zog verärgert die Augenbrauen in die Höhe.

„Was gibt's denn so Wichtiges?"

Deichler hob die Mainpostille in die Höhe und ließ sie dann vor Krämer auf den Schreibtisch fallen. Sie war so gefaltet, dass eine bestimmte Seite nach oben zeigte.

„Sehen Sie sich doch mal diese Sauerei an!"

Der Leiter der Mordkommission dachte kurz daran, seinem Mitarbeiter zunächst einen verschärften Vortrag über den Umgang mit Vorgesetzten zu halten, entschied sich dann aber dagegen, als er folgende Schlagzeile las: „Mysteriöser Tod des Darstellers des Ritters von Grumbach! Mord oder Unfall?“

„Was soll das denn? Warum erfahre ich jetzt erst davon?“, donnerte er los.

„Tut mir leid, aber der Einsatz war mitten in der Nacht. Ich hatte Kriminaldauerdienst. Da erschien dieser Reporter, dieser Schöpf-Kelle, plötzlich am Tatort und hat heimlich fotografiert. Ich hatte ihm die Speicherkarte aus der Kamera abgenommen, aber anscheinend hat mich der verflixte Kerl gelinkt und die Karte schnell vertauscht. Der Datenträger, den er mir ausgehändigt hat, ist jedenfalls leer.“

Sebastian Krämer schnappte nach Luft, packte ein auf dem Schreibtisch liegendes Lineal und sprang auf. „Der hat Sie ausgetrickst wie einen dummen Schuljungen!“ Wütend schlug er sich mit dem Lineal klatschend in die Handfläche. „Sie haben Strafe verdient!“ Er stoppte abrupt, weil ihm bewusst wurde, zu was er sich da hatte hinreißen lassen. „Ich meine …“ Er kam nicht mehr dazu, diese Aussage abzumildern, weil Deichler ihn nicht ausreden ließ.

„Jetzt halten Sie aber mal die Luft an! Das muss ich mir nicht bieten lassen! Das Ganze ist sicher ärgerlich, aber bestimmt kein Drama! Sagen Sie mir, wenn Sie sich wieder beruhigt haben und man normal mit Ihnen reden kann.“ Mit diesen Worten drehte Deichler sich um und verließ das Dienstzimmer seines Vorgesetzten. Die Tür ließ er krachend hinter sich ins Schloss fallen.

Als er draußen war, brummte er: „So ein A…“, dann ging er zum Automaten auf dem Flur und holte sich zur Beruhigung erst einmal einen Kaffee.

Sebastian Krämer verschlug es für einen Moment die Sprache. Wütend starrte er auf die geschlossene Tür. Was fiel diesem impertinenten Kerl eigentlich ein? Mühsam fuhr er seine Emotionen wieder herunter. Er musste sich besser beherrschen. Der Satz mit der Strafe war wirklich daneben gewesen. Er hatte einfach nur laut gedacht. Am liebsten hätte er diesen aufmüpfigen Schwachkopf vor sich auf die Knie gezwungen und sich von ihm die Schuhe küssen lassen.

Deichler war das letzte Überbleibsel in dieser Abteilung, das von seinem unfähigen Vorgänger, diesem ständig nach Pfeifentabak stinkenden Erich Rottmann, übriggeblieben war. Ein Kriminal-Dinosaurier, der ihm, Krämer, nicht das Wasser reichen konnte! Bedauerlich war nur, dass die Polizeipräsidentin auf Deichler große Stücke hielt, sonst hätte er ihn schon längst nach Hinterdupfing versetzen lassen.

Er ließ sich in seinen Bürosessel fallen und starrte zum Fenster hinaus. Dabei musste er an die bereichernden Stunden des gestrigen Abends denken. Allein die Erinnerung versetzte ihn wieder in eine gewisse Erregung und verlieh ihm neue Energie. Er würde diesen verdammten Augiasstall hier schon noch ausmisten!

Regisseur Reinhold von Plein erfuhr am nächsten Morgen vom Tod eines seiner Hauptdarsteller aus der Mainpostille. Schlagartig verging ihm der Appetit auf das opulente Frühstück, das er im *Gasthaus Lutz* in Giebelstadt, wo er während der Festspielzeit gastierte, genießen durfte. „Mysteriöser Tod des Darstellers des Ritters von Grumbach! Mord oder Unfall?", stand in großen Lettern auf der Titelseite der Zeitung. Wie konnte das sein? Als sie gestern den *Stachel* verlassen hatten, erfreute sich Richard Günter Koppelkamm doch noch bester Gesundheit. Nachdem der Zeitungsartikel zwar viele Fragen stellte, aber keine Antworten gab, griff von Plein nach seinem Mobiltelefon. Er musste sofort überprüfen, was an der Sache dran war. Falls die Meldung stimmte, wäre das eine absolute Katastrophe!

Nach dem sechsten Läuten schaltete sich die Mailbox ein. Von Plein versuchte es erneut, aber auch beim zweiten Versuch landete er wieder bei der Mailbox. Jetzt musste er Gewissheit haben. Er rief die Auskunft an und ließ sich mit der Polizeidirektion in Würzburg verbinden. Schon nach wenigen Klingeltönen meldete sich die Telefonzentrale. Von Plein stellte sich vor und bat darum, den für den Mord im Weinhaus *Stachel* zuständigen Beamten sprechen zu dürfen. Während er weitervermittelt wurde, erklang eine Melodie, die er sofort erkannte. Die Bayerische Landespolizei hatte wirklich einen makabren Humor: Aus dem Hörer tönte die Titelmelodie des Westernklassikers „Spiel mir das Lied vom Tod". Wenn er nicht so angespannt gewesen wäre, hätte er sich darüber amüsieren können.

Seine Gedanken wurden unterbrochen, als sich eine männliche Stimme meldete: „Deichler, Morddezernat."

Von Plein nannte seinen Namen. Der Beamte unterbrach ihn. „Sie können sachdienliche Hinweise in dem Fall Koppelkamm machen?"

Mit dieser Frage hatte der Beamte von Pleins Informationsbedürfnis eigentlich schon befriedigt. Trotzdem erklärte er, warum er anrief.

„Es tut mir leid", gab Deichler zurück, „aber bedauerlicherweise werden Sie sich einen neuen Hauptdarsteller suchen müssen."

„Das ist ja eine Katastrophe! Kann man denn schon etwas zum Täter beziehungsweise zu dessen Motiv sagen?"

Deichler verneinte, dann fuhr er fort: „Wahrscheinlich werde ich morgen zu Ihnen nach Giebelstadt kommen. Ich möchte gerne die Herrschaften vernehmen, die bei der Feier im *Stachel* anwesend waren. Wann kann ich denn alle zusammen antreffen?"

„Am besten kommen Sie zu den Proben. Um 11 Uhr sind alle beisammen. Es wäre allerdings schön, wenn Sie uns nicht allzu lange aufhalten würden. Es klingt sicher pietätlos, aber ich muss heute noch einen Ersatz für die Besetzung des Wilhelm von Grumbach finden und der muss spätestens morgen bei der Probe gleich richtig ran. Wenn wir die Aufführung am nächsten Sonntag retten wollen, wird das eine harte Tour. Da bleibt leider wenig Zeit für Trauer."

Sie verabschiedeten sich. Anschließend wählte von Plein hintereinander mehrere Nummern. Jedes Mal sagte er nur einige Sätze. Er musste zusehen, dass er den Kreis der Verantwortlichen zusammentrommelte. Jetzt war erst mal eine Krisensitzung fällig.

„Wir sollten die Vorstellungen absagen", erklärte Hermann Glück, der Erste Bürgermeister von Giebelstadt, der im Stück den Fürstbischofs Conrad von Thüngen darstellte. „Wir können kein Spektakel zeigen, in dem geschlagen und gemordet wird, während einer unserer Hauptdarsteller im Leichenhaus liegt. Das könnte uns als schwere Pietätlosigkeit angelastet werden."

„Im Grunde hast du Recht", warf der Diethard C. Güttler, Vorsitzender der Festspielgemeinschaft, ein, „aber du darfst nicht vergessen, dass hunderte Menschen bereits Karten gekauft und bezahlt haben. Das wäre ein gewaltiger Verlust für den Verein … und natürlich auch für die Gemeinde. Das können wir uns nicht leisten!"

„Das stimmt", pflichtete der Regisseur Güttler bei. „Den Kostenfaktor dürfen wir keinesfalls außer Acht lassen. Vielleicht können wir dem tragischen Tod von Richard Günter Koppelkamm durch eine anfängliche Schweigeminute Rechnung tragen. Bürgermeister, du gehst auf die Bühne, sprichst ein paar passende Worte, alle erheben sich und Gedenken des Toten. Was haltet ihr davon?"

Nach kurzer Diskussion stimmten die anderen beiden Herren seinem Vorschlag zu. Sie waren froh, eine Lösung für dieses Problem gefunden zu haben.

„Jetzt aber der wichtigste Punkt", fuhr von Plein fort. „Wie besetzen wir den Grumbach neu? Eine Zweitbesetzung haben wir nicht, weil das dem Festspielverein zu teuer war." Er warf dem Vorsitzenden einen vorwurfsvollen Blick zu. „Gibt es jemanden in der Gemeinde, der den Grumbach von jetzt auf gleich spielen könnte? Der vor allen Dingen in der Lage ist, sich bis zum nächsten Wochenende den Text so einzubläuen, dass wir uns nicht gnadenlos blamieren?“

Stille am Tisch. Man konnte sehen, dass die Gedanken hinter den Gehirnen der Verantwortlichen arbeiteten. Schließlich ließ Glück resignierend die Schultern hängen. „Bei mir ist im Augenblick da oben nur Leere.“

Keiner widersprach ihm.

Einige Minuten später hob der Vereinsvorsitzende die Hand. „Es gäbe ja eine Möglichkeit, aber damit werdet ihr nicht einverstanden sein.“

Die beiden anderen sahen ihn fragend an.

„Die beiden Jahre davor hatten wir doch auch einen Schauspieler als Grumbach verpflichtet ...“ Er sah seine Tischnachbarn prüfend an.

Glück fuhr wie von der Tarantel gestochen in die Höhe.

„Du meinst doch nicht ...? Das kommt überhaupt nicht in Frage! Nur über meine Leiche!“

„Richtig! Ich denke an Ringo Zünder“, fuhr Güttler unbeirrt fort. „Ich bin überzeugt, dass er nach zwei intensiven Proben die Rolle wieder präsent hätte. Der Mann wäre trotz seiner fortgeschrittenen Jugend von seiner Figur, seinem Auftreten und seinen schauspielerischen Fähigkeiten her nach wie vor ein ausgezeichneter Wilhelm von Grumbach.“

„Der Kerl kommt mir nicht mehr nach Giebelstadt! Außerdem betätigt er sich doch jetzt als Stadtrat in Würzburg.“ Die Augen des Bürgermeisters funkelten böse. Habt ihr vergessen, weswegen wir uns von dem Lumpen getrennt haben?“

„Natürlich erinnere ich mich“, erwiderte von Plein. „Sehr gut sogar. Meines Erachtens hat das Gremium damals aber gegen mein Votum völlig überreagiert. Nur weil er einige Damen des Ensembles, die ihm schöne Augen gemacht haben, nicht von der Bettkante gestoßen hat, macht ihn das doch noch lange nicht zu einem schlechten Schauspieler. Eher im Gegenteil. Ihr habt euch damals wirklich sehr kleinbürgerlich verhalten! Und was seine derzeitige Stadtratstätigkeit betrifft, könnte ich mir vorstellen, dass Zünder das Possenspiel, das der Stadtrat von Würzburg regelmäßig zum Besten gibt, zwischenzeitlich ganz schön auf die Nerven geht. Der Mann ist anspruchsvollere Rollen gewohnt."

Bürgermeister Glück gab ein wütendes Schnauben von sich. Immer wenn er sich aufregte, bekam er einen roten Kopf, so auch jetzt. „Der Kerl hat uns das ganze Ensemble durcheinandergebracht. Dass dann die Presse geschrieben hat, wir hätten ihn wegen seiner schlechten schauspielerischen Leistungen gefeuert, dazu kann ich nichts."

Von Plein hob die Hände.

„Hermann, erzähl mir nichts. Das Interview, das du damals gegeben hast, grenzte schwer an Rufmord. Für einen Schauspieler fast tödlich! Ich weiß, warum du dich damals so aufgeregt hast. Die Buschtrommeln haben verkündet, dass auch deine Tochter Evi bei ihm nicht nein gesagt hat. Gott, was ist denn schon dabei? Sie war dreiundzwanzig und kein Kind mehr. Manchmal muss man die eigenen Angelegenheiten dem großen Ganzen unterordnen.

Im Übrigen hatte ich den Eindruck, dass der selige Richard Günter Koppelkamm sehr schnell in die Fußstapfen von Ringo Zünder getreten ist und ebenfalls heftig an deiner Tochter herumgebaggert hat. Sie versteht es ganz gut, den Männern den Kopf zu verdrehen, und ist sicher keine Unschuld vom Lande."

Glück wäre fast explodiert, ballte dann aber nur die Faust und erwiderte nichts. Die beiden wussten ja nicht, dass seine Evi damals eine gute Partie mit einem betuchten Amerikaner, der in Giebelstadt stationiert war, hätte machen können. Die

Verbindung war wegen Zünder in die Brüche gegangen. Als die Festspiele vorüber waren, hatte sich der Filou dezent verabschiedet. Seine Evi war wochenlang völlig verzweifelt gewesen. Seitdem hatte er einen regelrechten Hass auf diesen verfluchten Schauspieler entwickelt.

Diethard C. Güttler, der davon keine Ahnung hatte, machte eine resignierende Handbewegung.

„Also, in Gottes Namen, ruf ihn an und frag ihn, ob er die Rolle wieder übernimmt. Einverstanden, Hermann?"

Der Bürgermeister machte ein verkniffenes Gesicht.

„Was machen wir mit dem Honorar?", wollte von Plein wissen. „Ich könnte mir vorstellen, dass wir ordentlich was drauflegen müssen. Schmerzensgeld gewissermaßen. Zünder weiß doch, dass wir jetzt in der Bredouille sind und ihn dringend brauchen."

Die beiden Herren nickten. Hätten sie allerdings gewusst, welche Ereignisse sie mit ihrer Entscheidung in Gang setzen würden, hätten sie sicher nach einer anderen Lösung gesucht.

Beim nächsten Stammtisch der *Schoppenfetzer* gab es natürlich keinen anderen Gesprächsstoff als den reißerischen Artikel von Schöpf-Kelle in der Mainpostille.

„Ich kenne diese Laterne", stellte Ron Schneider undeutlich fest. Die Haftcreme schien wieder einmal den Kampf mit seiner Zahnprothese verloren zu haben, denn alle Laute, die er aussprach, zischten heute besonders markant. „Ich kann mir nicht vorstellen, dass sie so einfach herunterfällt ..."

„... und ausgerechnet punktgenau den Kopf eines Passanten trifft", ergänzte Xaver Marschmann.

„Was heißt hier Passant. Es war der Darsteller des Wilhelm von Grumbach der Florian-Geyer-Festspiele in Giebelstadt", erklärte Ron Schneider. „Fast könnte man sagen, die späte Rache des Florian Geyer. Angeblich soll der Grumbach seinerzeit doch dafür gesorgt haben, dass der Geyer umgebracht wurde."

„Da hat bestimmt jemand dran manipuliert, um es wie einen Unfall aussehen zu lassen", meinte Horst Ritter. „Ich habe in meiner Praxis als Leitender Oberstaatsanwalt die unglaublichsten Dinge erlebt."

„Ich kenne die Lampe auch", mischte sich Erich Rottmann ein. „Wer daran herumfingern will, muss in den oberen Stock vom *Stachel* oder sich eine lange Leiter beschaffen. Schwer vorstellbar, dass das eine Person unbemerkt bewerkstelligen kann. Sie ist, besser war auf dem Erker, unterhalb der beiden Fenster befestigt. Wenn überhaupt, war es jemand vom Personal oder der Wirt selbst. Ich denke, man sollte bei den Ermittlungen dort beginnen."

Xaver Marschmann musste lachen. „Schaut ihn euch an! Der Erich Rottmann ermittelt schon wieder!"

„Quatsch, das war doch rein hypothetisch!", gab Rottmann zurück, konnte dabei aber ein Grinsen nicht unterdrücken. Marschmann hatte gar nicht so unrecht. Er hatte wirklich große Lust, Florian Deichler anzurufen. Derart mysteriös klingende Fälle reizten den alten Hasen noch immer. Wahrscheinlich war gar nichts dran und dieser Schöpf-Kelle hatte eine eigentlich klare Sache richtig schön aufgebauscht, um die Auflage zu erhöhen.

Eine gute Stunde später löste sich der Stammtisch auf. Eine Pfeife schmauchend, marschierte Erich Rottmann mit Öchsle im Gefolge die Juliuspromenade hinunter. Er wollte an der neuen Mainpromenade entlanggehen in der Hoffnung, dort auf Florian Deichler zu stoßen. Der Kriminalbeamte verbrachte, wenn es der Dienst zuließ, seine Mittagspausen häufig dort.

Während Rottmann so sinnierend vor sich hin schlenderte, wurde er plötzlich von hinten angesprochen.

„Also Erich, es gibt Tage, da könnte ich wirklich alles in der Luft zerreißen!"

Erstaunt sah sich Rottmann um. Hinter ihm ging Florian Deichler, der sich unbemerkt genähert hatte. Nicht einmal Öchsle hatte ihn gewittert.

„Welche Laus ist dir denn über die Leber gelaufen?", fragte Rottmann und gab seinem ehemaligen Mitarbeiter im Weitergehen die Hand.

„Dieser Krämer, mein so genannter Chef, dieses Rindvieh …"

Rottmann unterbrach ihn. „Bitte keine Beleidigungen in Form von Vergleichen aus dem Tierreich, denn damit würde man diesen armen Kreaturen wirklich Unrecht tun."

Durch seinen Einwand hatte Rottmann die Luft aus Deichlers verbalem Ausbruch genommen.

„Stimmt", gab der junge Kommissar mit einer wegwerfenden Handbewegung zu, „aber heute hat er wieder mal den Gipfel des Erträglichen überschritten."

Da Rottmann wusste, dass Deichler ihm gleich erzählen würde, warum er so aufgebracht war, lief er einfach schweigend neben ihm her.

Fünfzehn Minuten später war Erich Rottmann informiert.

„… und er hat wirklich gesagt, du hättest Strafe verdient?", vergewisserte er sich, weil er es einfach nicht glauben konnte.

„Ja meinst du, ich erzähle hier Ammenmärchen? Ich kann dir sagen, am liebsten würde ich mich ins Einbruchsdezernat versetzen lassen, nur um von dieser aufgeblasenen Knalltüte wegzukommen."

„Jetzt reg dich mal ab", versuchte Rottmann Deichler zu besänftigen, „wer soll denn dann in Würzburg die Mordfälle lösen? Erzähl mir lieber einmal, was tatsächlich an der Sache mit dem Lampensturz dran ist. Wahrscheinlich ein unglücklicher Zufall, oder?"

Florian Deichler, der sich wieder beruhigt hatte, ging auf Rottmanns Themenwechsel ein.

„Heute früh habe ich sofort unsere Techniker hingeschickt, um die Aufhängung zu kontrollieren. Fakt ist, dass die stabile Öse, mit der die Lampe fest verbunden war, mit Gewalt aufgebogen wurde. Das geht nicht von selbst. Materialermüdung liegt auch nicht vor. Die Leitung, die die Lampe mit Strom versorgt hat, war einfach abgerissen. Nicht aufgeschraubt oder mit einer Zange durchgezwickt, nein, richtiggehend abgerissen. Es ist sicher, dass das Eigengewicht der Laterne das nicht geschafft hätte. Wir können uns den Vorfall im Augenblick einfach nicht erklären."

„Also kein Unfall, sondern Mord?"

„Keine Ahnung. Wir ermitteln jetzt im Umfeld des Toten und der Belegschaft des Weinhauses *Zum Stachel*. Ob uns das weiterbringt, werden wir sehen."

Nachdem sie schon beim Thema waren, erkundigte sich Rottmann auch nach der Toten aus dem Gramschatzer Wald.

„Da haben wir keine Erkenntnisse", erklärte Deichler, „und wir werden auch keine Ermittlungen anstellen. Das ist ganz klar eine Sache für die Wissenschaft, nicht für die Mordkommission."

Die beiden gingen noch ein paar Meter miteinander und Rottmann munterte seinen ehemaligen Mitarbeiter noch einmal auf und bat ihn, die Geschichte mit der Versetzung zu vergessen. Deichler winkte nur ab. An seinem Gesicht konnte Rottmann ablesen, dass die Versetzung für ihn kein Thema mehr war.

Chefredakteur Thomas Häußner-Beinhart tobte. „Was bildet sich diese Forgér eigentlich ein? Glaubt die wirklich, ich werden so einen Bockmist drucken lassen?" Er saß mit dem Redaktionsteam am großen Besprechungstisch. Es fand gerade die alltägliche Redaktionskonferenz statt. Die verantwortlichen Redakteure der verschiedenen Sparten der Zeitung waren um ihn versammelt. Im Augenblick las er am Bildschirm seines Laptops den heute Morgen von Giseldis Forgér per Mail übersandten Text für die nächste Glosse, die ebenfalls morgen erscheinen sollte.

„Hat in den letzten Tagen mal einer mit ihr gesprochen? Ist sie krank? Da fehlt ja jeder Biss! Von wegen Randspitzen! Einen solchen Summs kann sie ja nicht einmal dem Bundespräsidenten als Neujahrsansprache verkaufen! Elegisches Zeug über die Liebe von Verstorbenen, die Jahrhunderte überdauert. Da kriegt man ja das kalte Grausen!"

Der zuständige Redakteur für die Rubrik Würzburg Stadt wurde auf seinem Stuhl ein ganzes Stück kleiner. „Ich weiß auch nicht, was sich Gisi dabei gedacht hat. Sonst bringt sie die Dinge doch immer präzise auf den Punkt."

Häußner-Beinhart ließ sich davon nicht beeindrucken. „Sie schreiben einen neuen Text", wies er den Redakteur an. „Lassen Sie sich etwas einfallen. Da war doch dieser Mord vor dem *Stachel*, von dem Schöpf-Kelle berichtet hat. Schreiben

Sie eine Glosse über die Gefährlichkeit von Wirtshausbesuchen in Würzburg, besonders wenn einem danach noch auf diese Weise ‚ein Licht aufgeht‘." Er musste über seine eigene Formulierung lachen. „Und versuchen Sie die Forgér zu erreichen. Sie soll sich schleunigst bei mir blicken lassen."

Die Frau, über die in der Redaktionskonferenz gesprochen wurde, saß zuhause vor ihrem Laptop. Sie starrte eines der Bilder an, das sie in der Rechtsmedizin von der unbekannten Toten geschossen hatte. Mit ihrem Bildbearbeitungsprogamm hatte sie von einer der Aufnahmen einen Bildausschnitt stark vergrößert. Es handelte sich dabei um den Dolch, der aus dem Brustkorb der Toten ragte. Bildfüllend war der Griff zu erkennen. Er bestand aus Metall und man konnte, wenn auch nicht sehr detailgetreu, ein Wappen darauf erkennen. Mit brennenden Augen starrte Giseldis auf die scharfe Widergabe. Sie hatte im Internet recherchiert. Es gab keinen Zweifel, es handelte sich um das Wappen des Wilhelm von Grumbach. Im unteren Teil des Wappens befand sich ein Schild, auf dem noch schwach die Andeutung einer menschlichen Figur zu sehen war. Das musste der Mohr sein, der auf dem Originalwappen in der Hand drei Rosen trug. Sie machte von allen Bildern einen Ausdruck, dann fuhr sie den Rechner herunter. Lange Zeit saß sie da und starrte auf die Fotos.

Erich Rottmann machte sich über den Artikel von Schöpf-Kelle und die Informationen von Florian Deichler seine Gedanken. Er konnte sich mittlerweile gar nicht mehr vorstellen, wie eine seit ewigen Zeiten sicher befestigte Lampe plötzlich aus heiterem Himmel ihren Halt verlor und ausgerechnet einem darunterstehenden Menschen treffsicher den Schädel einschlug. Das roch gewaltig nach Manipulation.

Nach einem Spaziergang mit Öchsle entlang des Mains wollte er sich auf dem Rückweg am Bratwurststand auf dem Unteren Markt eine „Geknickte“ gönnen. Auf dem Weg dorthin machte er kurz entschlossen einen Abstecher zum *Stachel*, um sich den Tatort einmal selbst anzusehen.

Offenbar hatten die Straßenreiniger gründlich saubergemacht, denn auf dem Pflaster vor dem Haus waren keine Spuren mehr zu erkennen. Der Exkommissar stellte sich vor die Fassade des Lokals und starrte nach oben zu dem Erker, wo nur noch ein langer Metallstab und ein paar baumelnde Elektrokabel zu sehen waren. Ihm war klar, dass ungefähr fünf Meter Fallhöhe ausreichten, um den Schädel eines Mannes zu zertrümmern. Trotzdem hielt der erfahrene Ex-Chef der Mordkommission einen solchen Zufall für praktisch unmöglich.

Rottmann fühlte das bekannte Kribbeln in der Nase, das ihm sagte, dass an der Sache etwas nicht stimmte. Ihm fiel die Aussage seines Stammtischbruders Ron Schneider wieder ein. Es war schon merkwürdig, dass hier vor dem Haus, in dem sich Florian Geyer mit seinen Männern getroffen hatte, der Darsteller des Mannes, der den Tod des Helden angeordnet hatte, auf unerklärliche Weise erschlagen worden war. Wenn man abergläubig war, konnte man hineininterpretieren, dass hier höhere Mächte am Werk gewesen waren. Rottmann schüttelte den Kopf. Am Tod eines Menschen gab es meist nicht viel Geheimnisvolles. So gut wie immer steckte menschliches Wirken dahinter. Er sollte sich nicht so viele Gedanken machen. Dafür gab es Spezialisten.

Öchsle schnupperte unterdessen interessiert am Boden herum. Die empfindliche Nase des Rüden übermittelte ihm auch dann noch Informationen, wenn das menschliche Auge keinerlei Spuren mehr erkennen konnte.

Plötzlich kam von oben eine Stimme: „Na, junger Mann, sind Sie von der Polizei?"

Rottmann sah verwundert nach oben. Im Haus gegenüber schaute aus einem Fenster im zweiten Stock eine ältere Frau.

„Na ja, so könnte man sagen", gab Rottmann zögerlich zurück.

„In der Nacht von vorgestern auf gestern, als hier der arme Mann gestorben ist, habe ich auch zum Fenster rausgeschaut. Man hat schließlich nicht jeden Tag einen Krimi vor seiner Haustür."

Zuerst wollte Rottmann das Gespräch beenden, weil er dachte, die Frau wolle sich nur unterhalten, dann riet ihm aber sein kriminalistischer Instinkt davon ab. Er nickte ihr auffordernd zu.

„Als später alle wieder abgezogen waren, habe ich immer noch zum Fenster rausgesehen, weil ich vor lauter Aufregung nicht schlafen konnte. Gerade als ich das Fenster wieder schließen wollte, ist dort drüben jemand aus einem Hauseingang geschlichen." Sie wies in Richtung Marktgasse. „Sie hatte sich dort offenbar versteckt. Ich sehe zwar nicht mehr so gut, aber ich bin mir ziemlich sicher, dass es sich um eine kleine Frau mit roten Haaren handelte."

„Warum haben Sie das nicht der Polizei erzählt?", wollte Rottmann wissen.

„Es waren ja schon alle weg, als ich sie gesehen habe. Wissen Sie, ich bin nicht mehr so gut zu Fuß. Ich dachte, da wird schon noch einmal ein Polizist vorbeischauen."

Erich Rottmann bedankte sich bei der Frau und versprach, die Information an die Mordkommission weiterzugeben. Innerlich nahm er sich vor, Deichler Vorhaltungen zu machen, da er offenbar nicht die Nachbarschaft hatte befragen lassen.

Ein schlimmer Anfängerfehler! Die Beobachtung der Frau war wahrscheinlich völlig bedeutungslos, aber man konnte nie wissen. Rottmann schlenderte die Gressengasse entlang und bog zum Unteren Markt ab.

Die Schlange vor der Wurstbude war Gott sei Dank im Augenblick nicht besonders lang. Zwei Minuten später hielt der Exkommissar das Brötchen mit der mittig gebrochenen Bratwurst in der Hand und biss genussvoll hinein. Extra wegen Öchsle hatte er keinen Senf genommen, weil der Rüde natürlich einen Happen von der Bratwurst abbekam.

Rottmann ließ sich auf einer der Bänke nieder und kaute zufrieden. Er würde in den nächsten Tagen einen Anruf bei seinem alten Bekannten Gottfried Meyer in der Rechtsmedizin tätigen. Nur so, aus reiner Neugierde.

Während Rottmann so dasaß und sinnierte, ließ Öchsle, der unter der Bank saß, plötzlich ein leises Knurren hören. Rottmann fühlte sich aus seinen Gedanken gerissen. Ehe er nach der Ursache für den Unmut seines Hundes Ausschau halten konnte, hörte er hinter sich eine Stimme.

„Hallo, Herr Rottmann, schön, dass ich Sie hier treffe. Darf ich Sie kurz stören?"

Der Angesprochene drehte sich um und zog verwundert die Augenbrauen in die Höhe. „Das haben Sie ja schon getan, Schöpf-Kelle", brummte er und streichelte Öchsle beruhigend über den Kopf.

Der Reporter eilte um die Bank herum und ließ sich neben Rottmann nieder.

„Was gibt es denn?" Rottmann verspürte keine große Lust, mit ihm zu reden.

„Herr Rottmann, Sie waren doch sehr erfolgreich als Chef der Würzburger Mordkommission", begann Schöpf-Kelle.

Rottmann sah ihn schräg von der Seite an. „Kommen Sie

auf den Punkt und sülzen Sie hier nicht herum, das zieht bei mir nicht."

„Nun ja, Sie haben doch noch immer ausgezeichnete Beziehungen ins Morddezernat. Die Polizei lässt im Augenblick keine Informationen über die Sache vor dem *Stachel* heraus. Der Krämer, Ihr Nachfolger, hat bei meinem Chefredakteur angerufen und sich über mich beschwert, weil ich Kommissar Deichler versehentlich die falsche Speicherkarte ausgehändigt habe. Jetzt stehe ich unter Druck, weil ich in einem weiteren Artikel Fakten bringen soll." Er zögerte einen Augenblick. „Könnten Sie mir nicht ein paar Informationen geben, damit ich meinen Lesern mehr als nur Vermutungen bieten kann?"

Erich Rottmann lachte belustigt auf. „Sie haben wirklich Nerven. Erst linken Sie die Polizei und jetzt soll ich Ihnen helfen, damit Ihnen Ihr Chef nicht das Fell über die Ohren zieht. Was haben Sie denn gedacht, wie die Polizei reagieren wird, wenn Sie derartige Tricks anwenden? Selbst wenn ich etwas wüsste, was nicht der Fall ist, würde ich nicht im Traum daran denken, es Ihnen zu erzählen."

Schöpf-Kelle verzog das Gesicht, als wenn er Zahnschmerzen hätte. „Mein Gott, jetzt kommen Sie schon. Sie wissen doch sicher, ob an der Lampe herumgefummelt wurde, damit es wie ein Unfall aussieht."

„Los, Schöpf-Kelle, verziehen Sie sich. Von mir erfahren Sie nichts. Warten Sie auf die Pressekonferenz."

Der Mann erhob sich. „Dann muss ich halt wieder meine Fantasie spielen lassen", brummte er verärgert. Ohne einen Gruß trollte er sich.

Rottmann sah ihm hinterher. Manchmal konnte einem der Bursche ganz schön auf den Wecker gehen. Auch Rottmann erhob sich. Bis zum Stammtisch war noch Zeit, die wollte er für einen Mittagsschlaf nutzen.

Elvira Stark hatte mit dem Nachlasspfleger, Rechtsanwalt Erwin Neuhöfer, einen Termin für den Nachmittag in dessen Kanzlei vereinbart. Dort wollte der Anwalt mit den beiden Erbinnen alle Unterlagen durchgehen und das weitere Vorgehen besprechen.

Thekla erwartete Elvira schon vor der Kanzlei. Elvira hätte sie fast nicht wiedererkannt. Diesmal trug Thekla ein dunkelblaues Kostüm und sie hatte auf Gel für ihre Kurzhaarfrisur verzichtet. Auch ihr Make-up war wesentlich dezenter. Elvira Stark sagte nichts, aber sie hatte das Gefühl, als würde sie in einen Spiegel sehen, so stark ähnelten sie sich heute.

Der Nachlasspfleger bat sie sofort in sein Büro. Dabei musterte er sie neugierig. „Meine Damen, es ist erstaunlich, wie ähnlich Sie sich sehen. Sie können die Tatsache, Zwillinge zu sein, wirklich nicht verleugnen.“ Er lachte, dann bot er ihnen Platz an. Nachdem auch er sich niedergelassen hatte, erklärte er: „Meine Damen, Ihr Verwandter hat ja einiges hinterlassen, was wir nun irgendwie aufteilen müssen. Haben Sie sich schon Gedanken gemacht?“

Die beiden schüttelten einmütig den Kopf.

„Ich habe hier ein Verzeichnis des gesamten Nachlasses, für jede von Ihnen ein Exemplar. Sobald Sie vom Nachlassgericht die Erbscheine zugeschickt bekommen haben, können Sie gemeinsam über den Nachlass verfügen. Wenn ich Ihnen raten darf, so sollten Sie sich so schnell wie möglich über die Aufteilung einigen, damit klare Verhältnisse herrschen. Über die Beerdigungskosten und meine Gebühren bekommen Sie eine Rechnung.

Ihr Verwandter hat seine letzten Jahre in einem Seniorenheim verbracht; seine restliche Habe wurde auf meine Veranlassung hin in einem Mietcontainer eingelagert, da das Heim das Zimmer wieder benötigte. Der Schlüssel und die Adresse hierzu sind hier."

Er übergab den beiden Schwestern einen kleinen Sicherheitsschlüssel. Nachdem sie sich kurz mit Blicken verständigt hatten, nahm Elvira ihn an sich und bestätigte den Erhalt mit ihrer Unterschrift.

Zehn Minuten später standen die beiden wieder auf der Straße.

„Über vierhundertfünfundzwanzigtausend Euro aus heiterem Himmel", stellte Thekla fest. „Ich kann es gar nicht glauben."

„Mir geht es ebenso", stellte Elvira fest. Sie sah ihre Schwester an. „Kommst du auf einen Kaffee mit zu mir? Um 17 Uhr muss ich zwar zur Arbeit gehen, aber bis dahin ist ja noch Zeit.

Thekla überlegte einen Augenblick, dann erklärte sie sich einverstanden. „Bei Gelegenheit werde ich mich revanchieren", entgegnete sie. „Im Augenblick sieht es bei mir etwas … ungewöhnlich aus."

Elvira wunderte sich zwar über die sonderbare Formulierung, fragte aber nicht weiter nach.

Eine halbe Stunde später saßen sie bei Elvira am Wohnzimmertisch. Sie besaß eine der kleinen modernen Kaffeemaschinen, mit denen man mit kleinen Kapseln innerhalb kürzester Zeit hervorragenden Kaffee machen konnte.

Thekla streifte mit einem bewundernden Blick Elviras

Wohnungseinrichtung. „Für eine Putzfrau wirklich erste Sahne“, stellte sie fest.

Da Elvira merkte, dass Theklas Bemerkung nicht abwertend gemeint war, erklärte sie: „Ich habe ein Leben lang gearbeitet und jeden Cent gespart, bis ich mir diese Eigentumswohnung leisten konnte. Als Reinigungsfachkraft im öffentlichen Dienst hat man, wenn man weder Kind noch Kegel hat, sein Auskommen.“ Sie rückte auf ihrem Stuhl nach vorne und stützte sich auf die Ellbogen auf. „Jetzt erzähl doch mal ein bisschen von dir. Die Visitenkarte, die du mir gegeben hast, verrät ja nicht viel. Was ist das, ‚autoritäre Erwachsenenbildung‘?“

Thekla runzelte leicht die Stirn, dann nahm sie einen Schluck Kaffee, ehe sie begann: „Das ist wirklich etwas schwierig zu beschreiben. Zu mir kommen Menschen, fast immer Männer, die häufig im täglichen Leben in führenden Positionen Verantwortung tragen und als Chef Mitarbeiter anleiten müssen. Bei mir müssen sie alle Befehlsgewalt am Eingang abgeben. In meinem Studio bin ich die einzige Autorität, dem sich jeder unterzuordnen hat. Verstehst du?“

Elvira hatte ihr mit großen Augen zugehört. „Dann bist du eine … eine …“ Sie suchte nach Worten.

„Du kannst es ruhig aussprechen. Ja, ich bin eine Domina!“

„Musst du mit diesen Männern auch …“ Elviras Gesicht überzog sich mit einer zarten Röte.

Thekla lächelte. „Nein, keine Sorge, ich bin keine Prostituierte, wenn du das meinst. Ich würde mich eher als eine psychologische Lebensberaterin bezeichnen.“

„Aha.“ Elvira wusste nicht so recht, wie sie damit umgehen sollte. Das war eine Welt, von der sie so gar keine Ahnung hatte. „Kann man davon leben?“

„Oh, man hat damit schon sein Auskommen. Allerdings habe ich mir überlegt, dass ich mein Studio aufgeben werde. Die Erbschaft versetzt mich in die Lage, mir einen lang gehegten Herzenswunsch schon jetzt zu erfüllen. Freunde von mir haben eine hochseetaugliche Segelyacht an der Nordsee. Mit ihnen zusammen möchte ich gerne eine Weltumsegelung machen!" Theklas Augen leuchteten vor Begeisterung.

„Eine Weltumsegelung! Das ist ja irre! Für mich wäre das nichts", stellte Elvira fest.

„Du kannst doch das Arbeiten aufhören und mit deinem Freund …" Sie stockte. „Hast du denn einen Freund oder Lebenspartner oder so etwas?"

Elvira atmete tief durch, damit hatte Thekla einen wunden Punkt getroffen.

Sie lehnte sich zurück und meinte: „Das ist eine schwierige Frage." Dann begann sie von Erich Rottmann und ihrem ungeklärten Verhältnis zu ihm zu erzählen. Nach einigen Sätzen brach der Damm ihrer Zurückhaltung und sie schüttete ihrer Zwillingsschwester ihr ganzes Herz aus.

„Weißt du", schloss sie, „der Erich ist ein ganz lieber Kerl, aber er ist einfach ein eingefleischter Junggeselle, der Angst vor einer Bindung hat. Ich hätte mich schon lange von ihm lossagen sollen, aber das bringe ich auch nicht fertig. Im Kern ist er ein guter Mensch und … und ich liebe ihn. Er ist halt nur ein wenig kauzig."

Thekla hatte ihrer Schwester aufmerksam zugehört, ohne sie zu unterbrechen. Als Elvira den zwischenzeitlich kalt gewordenen Rest Kaffee austrank, sah Thekla ihrer Schwester gerade in die Augen.

„Von wegen scheu und ein guter Mensch. Der Kerl ist ein Egoist, der dich am ausgestreckten Arm verhungern lässt! Das darfst du dir auf keinen Fall länger gefallen lassen! Lass dir das von einer erfahrenen Psychologin sagen! Ich kenne mich aus mit solchen Typen."

Sie unterhielten sich noch eine ganze Zeit angeregt, wobei in erster Linie Thekla sprach. Irgendwann warf Elvira einen Blick auf ihre Armbanduhr und sprang auf. „Mein Gott, Thekla, tut mir leid, dass ich unseren Kaffeeklatsch jetzt so plötzlich beenden muss, aber ich muss jetzt schnell ins Rathaus zur Arbeit."

„Das hast du doch jetzt eigentlich nicht mehr nötig", warf Thekla in den Raum. „Du könntest dich in das Wochenendhaus in Bad Staffelstein zurückziehen, eine Badekur machen und auf dem Staffelberg eine gute Brotzeit genießen. Vielleicht würde dich dein Erich sogar begleiten?"

Elvira lachte gequält: „Das wäre gar zu schön, um wahr zu sein."

Kurze Zeit später trennten sie sich und verabredeten sich für den nächsten Tag.

Giseldis Forgér hatte noch eine Karte für eine der vorderen Sitzreihen der Freilichtbühne in Giebelstadt ergattert. Sie musste sie sich das Stück, das die markantesten Abschnitte im Leben des Florian Geyer während des Bauernaufstands wiedergab, ansehen.

Rings um sie herum strömten Menschen herbei, die sich in Erwartung des bevorstehenden Spektakels freudig erregt unterhielten. Giseldis saß wortlos in der Menge und starrte auf die urige Kulisse. Ihre beiden Doggen hatte sie jetzt schon zum wiederholten Male zuhause lassen müssen, weil sie sich auf ihre Aufgabe vorbereiten musste. Obwohl sie sehr an den Hunden hing, hatten die Gefühle, die die Tote aus dem Wald in ihr erzeugten, die Oberhand über ihre Gedanken gewonnen. Die fremde Persönlichkeit nahm immer stärker von ihr Besitz und beherrschte sie.

Die Journalistin wusste, dass sie schon lange einen Artikel hätte abliefern müssen. Aber das berührte sie im Augenblick nicht. Die zahlreichen Anrufe auf ihrem Anrufbeantworter von der Redaktion ignorierte sie einfach. Die Aufgabe, die sie nun zu erfüllen glaubte, war wichtiger.

Der Zeitung hatte sie die Nachricht vom Tod des Darstellers des Wilhelm von Grumbach vor dem Weinhaus *Zum Stachel* entnommen. Es erfüllte sie mit Befriedigung, dass der Mensch, der den Tod von Florian Geyer verschuldet hatte, nicht mehr am Leben war. Es war ihr nicht bewusst, wie sie Realität, Geschichte und das Spiel auf der Bühne miteinander vermischte.

Sie wusste, dass sie die Vorstellung am nächsten Tag nutzen musste, um ihr Vorhaben in die Tat umzusetzen.

Sobald Wilhelm von Grumbach die Bühne betreten hatte, kniff sie die Augen zusammen und verfolgte die Szene mit besonderer Aufmerksamkeit. Insbesondere die Abläufe der Kampfszenen forderten ihre ganze Konzentration. Selbstverständlich erkannte sie sofort, wer nun überraschenderweise die Rolle des Wilhelm von Grumbach übernommen hatte. Sie war höchst verwundert. Giseldis hatte die vernichtende Berichterstattung des letzten Jahres, als Ringo Zünder die Spiele in Giebelstadt verlassen musste, mit einer bissigen Glosse kommentiert.

Tief beeindruckt vom Spiel und vom Schicksal des Florian Geyer erhob sich Giseldis Forgér nach dem Ende der Vorstellung von ihrem Platz. Statt das Freilichttheater jedoch zu verlassen, holte sie ihren Fotoapparat aus der Umhängetasche und ging in Richtung Bühne. Dort waren noch zahlreiche Helfer damit beschäftigt, das „Schlachtfeld" aufzuräumen.

Als einer der Arbeiter sie prüfend ansah, erklärte sie: „Ich bin von der Presse, wo befinden sich bitte die Garderoben?"

Der Mann deutete nur vage hinter sich. Giseldis hatte sich gemerkt, von wo die Schauspieler auf die Bühne gekommen waren. Sie durchschritt das Tor und ging auf mehrere Container zu, die offenbar als Garderoben dienten. Nach einigen Metern, ein Stück weit von den Containern entfernt, zwischen den Ruinen der Geyerburg, ertönten laute Stimmen. Ohne Zweifel stritten da zwei Männer. Das tragende Organ von Ringo Zünder war nicht zu überhören. Die andere Stimme identifizierte sie als den Darsteller des Conrad von Thüngen.

Langsam schlich sie sich näher.

„Zünder, du bist ein alter, geiler Bock“, hörte sie den Fürstbischofdarsteller schreien. „Ich habe gesehen, wie du meiner Tochter schon wieder den Hintern getätschelt hast. Noch dazu auf offener Bühne, wo es jeder sehen und sie sich nicht dagegen wehren kann. Ich sage dir, wenn wir hier nicht auf dich angewiesen wären, würde ich dich fertigmachen! Ich kann dich nur warnen, sieh zu, dass du immer mit dem Rücken zur Wand stehst, und achte darauf, wer hinter dir geht!“ Seine Stimme überschlug sich vor Wut und Hass.

„Bürgermeister, halt bloß die Luft an!“, erwiderte Zünder betont ruhig. „Da war gar nichts. Evi hat mir lediglich hinter der Bühne einen Begrüßungskuss gegeben. Außerdem solltest du dir gut überlegen, mir zu drohen. Vergiss nicht, dass ich bei einigen Kampfszenen ganz in deiner Nähe stehe! Da kann schnell ein Unfall passieren.“

„Ebenfalls!“, gab Glück zischend zurück. Dann hörte man Schritte.

Giseldis hörte knirschenden Kies unter harten Sohlen und huschte in die Deckung einer Requisite. Sie sah Wilhelm von Grumbach, respektive Ringo Zünder, der noch in seinem Kostüm steckte und in Richtung Garderoben vorüberhastete.

Einen Augenblick später folgte Conrad von Thüngen, ebenfalls in voller Montur. Als er an Zünders Garderobe vorbeikam, schüttelte er seine Faust.

Giseldis ließ einen Augenblick verstreichen, dann kam sie aus ihrem Versteck. Sie war beeindruckt. Bestimmt hatten auch die anderen Mitwirkenden des Stücks die Feindschaft zwischen den beiden Männern, die sie ganz offen austrugen, mitbekommen.

Sie schlenderte noch einige Zeit hinter den Kulissen herum. Dabei entstand in ihrem Kopf langsam ein Plan. Die

Frau aus dem Wald würde mit ihr zufrieden sein. Einige Zeit später lenkte Giseldis ihren roten Fiat zurück nach Würzburg. Sie musste noch mit ihren beiden Hunden Gassi gehen.

Am frühen Nachmittag führte Erich Rottmann das geplante Telefongespräch mit seinem alten Kumpel Gottfried Meyer aus der Rechtsmedizin.

„Na, Erich, schon wieder auf der Fährte?“, stellte Meyer fest, als er die Stimme Rottmanns am Telefon hörte.

„Was heißt ‚auf der Fährte‘?“, gab Rottmann zurück. „Man interessiert sich halt.“

„Was darf's denn sein? Die Schöne aus dem Wald oder der arme Teufel, den es vor dem *Stachel* erwischt hat?“

Meyers makabrer Humor war sprichwörtlich.

„Wenn du es schon anbietest, dann beide und schön der Reihe nach.“

„Wie der Herr Chefermittler im Unruhestand wünschen.“ Meyer sammelte sich. „Also, die Frau aus dem Gramschatzer Wald kommt demnächst nach Göttingen. Die dortigen Forensiker sind auf derartige Fälle spezialisiert. Natürlich alles in Zusammenarbeit mit unseren Wissenschaftlern. Sie hatten sie hier schon einmal in der Röhre. So wie es aussieht, war die junge Frau schwanger. Es gibt natürlich noch keine genauen Angaben, aber sie dürfte tatsächlich so um die Zeit des Bauernkrieges herum gelebt haben. Der Dolch, mit dem man sie umbrachte, wurde für das Haus Grumbach, das seinen Sitz in Rimpar hatte, geschmiedet. Das Wappen ist auf dem Griff deutlich zu erkennen. Die Untersuchung des Materials deutet ebenfalls auf die erste Hälfte des 16. Jahrhunderts hin.“

„Na, das ist ja schon eine ganze Menge. Dass sich eine Leiche so lange so frisch halten kann, ist kaum zu glauben.“

„Luftdichter Verschluss in tieferen Erdschichten und unsere Freunde, die Bakterien, haben keine Chance", erklärte Meyer lakonisch.

„Wie tröstlich", erwiderte Rottmann. „Und was ist mit unserem toten Schauspieler? Unfall oder Mord?"

„Kann ich dir nicht sagen. Auf jeden Fall hätte der junge Mann zu Lebzeiten Lotto spielen sollen. Überleg mal. Wie hoch ist die Wahrscheinlichkeit, dass die Lampe an der Fassade des *Stachel* ausgerechnet dann herunterfällt, wenn sich ein Mensch direkt darunter befindet? Weiter muss ich wohl nichts sagen. Jedenfalls ist das schwere Ding, das eine mittelalterliche Waffe, einen sogenannten Morgenstern darstellt, dem Mann direkt auf den Kopf geknallt und hat die Schädeldecke durchschlagen. Er war auf der Stelle tot."

„… und warum dieses Teil heruntergefallen ist …?"

„Wie gesagt, Lottogewinn. – Also, tut mir leid, aber diese Fragen müssen die Techniker beantworten. Hast du noch Fragen? Dann schnell, mein nächster Patient liegt schon in der Kühlung. Ich will ihn nicht warten lassen."

Erich Rottmann bedankte sich und beendete das Gespräch. Meyer war manchmal wirklich schwer zu ertragen.

Er überlegte einen Augenblick, dann entschloss er sich zu einem Mittagsschlaf. Während er sich auf die Couch zubewegte, beobachtete Öchsle ihn mit aufmerksam aufgestellten Ohren – soweit sich Knickohren überhaupt aufstellen ließen. Dem Rüden war klar, was sein Mensch beabsichtigte, und suchte ebenfalls sein Körbchen auf. Dort rollte er sich zusammen, und noch bevor Rottmann seinen Kopf auf das Kissen gebettet hatte, war der Rüde schon eingeschlafen.

Rottmann dachte noch einen Augenblick über die Ungerechtigkeit der Welt nach, die einen Pensionisten zwang, am hellichten Tag, wenn andere Mitbürger arbeiten durften, zu schlafen. Sekunden später ging sein Atem ruhig und gleichmäßig.

Ausgeruht und bester Laune machte sich Erich Rottmann fast zwei Stunden später auf den Weg zum *Maulaffenbäck.* Beim Verlassen des Hauses warf er einen Blick hinüber zum Wohnhaus von Elvira Stark. Sie wohnte in einer Eigentumswohnung im Nachbargebäude. Plötzlich fiel ihm auf, dass er sie schon seit mehreren Tagen nicht mehr gesehen hatte. Ein Fenster ihrer Wohnung war geöffnet. Sie war also nicht verreist. Er sah auf seine Armbanduhr. Um diese Zeit war Elvira im Grafeneckart und arbeitete. Für einen Augenblick hatte er, wie so oft, wenn er sich sein Verhältnis zu Elvira bewusst machte, den Anflug eines schlechten Gewissens. Elvira war eine liebenswerte Frau und er hegte ihr gegenüber durchaus gewisse Gefühle, aber er fürchtete um seine Freiheit.

Gerade als Rottmann die Rosengasse verlassen wollte und den Weg zum Rathaus einschlug, klingelte sein Mobiltelefon. Er nahm seine Pfeife aus dem Mund und meldete sich.

„Hier Stadtrat Ringo Zünder. Grüß Gott, Herr Rottmann. Wundern Sie sich bitte nicht, ich habe Ihre Handynummer von meinem Stadtratskollegen Nabenschlager. Ich habe da ein Problem, über das ich gern mit Ihnen reden würde. Könnten Sie eine halbe Stunde für mich erübrigen?“

Der Exkommissar war überrascht, einen Anruf von Zünder zu bekommen. Der Stadtrat war ihm als Würzburger Schauspieler bekannt, persönlich hatte er allerdings noch nicht das Vergnügen gehabt.

„Gerne“, gab Rottmann zurück, der seine Überraschung schnell überwunden hatte, „ich bin gerade auf dem Weg zum Stammtisch im *Maulaffenbäck*.“

„Das trifft sich gut“, tönte die Stimme des Schauspielers, „ich bin im Rathaus. Wir könnten uns in zehn Minuten vor

Café Michel treffen. Wäre das in Ordnung? Es dauert auch nicht lange."

Rottmann stimmte zu.

Als Erich Rottmann gute zehn Minuten später am Oberen Markt ankam, konnte er die markante Gestalt des ehemaligen Stammschauspielers des Mainfanken Theaters schon aus einiger Entfernung erkennen. Der Exkommissar schlängelte sich, mit Öchsle im Gefolge, durch die gut besetzten Tischreihen vor dem *Café Michel.*

„Grüß Gott, Herr Zünder. Schön, dass wir uns einmal persönlich kennenlernen." Er ließ sich an Zünders Tisch nieder.

„Die Freude ist ganz auf meiner Seite", gab der Stadtrat zurück, wobei er sich halb aus seinem Sessel erhob und Rottmann die Hand gab.

„Ich hoffe, es stört Sie nicht, dass ich meine Pfeife weiterrauche", erklärte Rottmann und hielt seine Bruyère in die Höhe.

„Keineswegs", erwiderte Zünder und schenkte Öchsle einen Blick, der interessiert an der schwarzen Jeans des Stadtrats schnüffelte.

„Öchsle, mein Polizeihund", erklärte Rottmann mit einem Schmunzeln. „Was kann ich denn für Sie tun?"

In dem Augenblick kam die Bedienung vorbei und Rottmann bestellte sich einen Cappuccino. Zünder hatte schon ein Glas Wasser vor sich stehen.

„Die Angelegenheit ist etwas kompliziert und ich muss ein wenig ausholen."

Rottmann nickte ihm auffordernd zu.

„Im letzten und im vorletzten Jahr habe ich bei den Florian-Geyer-Festspielen in Giebelstadt die Rolle des Wilhelm von Grumbach verkörpert. Während der beiden Spielsaisons kam es zwischen mir und einigen Damen zu gewissen …", er suchte nach Worten, „… nennen wir es einmal intensiveren amourösen Kontakten, was einigen Herren der Festspielleitung nicht gefallen hat. Nach der letzten Aufführung kam es dann zu einem heftigen Eklat, bei dem auch durchaus ernstzunehmende Drohungen gegen meine Person ausgesprochen wurden. Dabei hat sich Hermann Glück, der Bürgermeister von Giebelstadt, besonders hervorgetan. Außerdem gab es anonyme Hinweise an die Presse, in denen behauptet wurde, die Leitung der Spiele habe sich wegen mangelnder künstlerischer Begabung von mir getrennt. Sie können sich sicher vorstellen, dass so etwas für einen Schauspieler vernichtend sein kann. Außerdem habe ich zu der Zeit gerade begonnen, mich politisch zu engagieren." Er nahm das Glas und trank einen Schluck, danach schob er die Sonnenbrille nach oben in die Haare.

„Gut, das war letztes Jahr", erwiderte Rottmann. „Was für Probleme haben Sie heute? Sie sind doch nicht mehr in Giebelstadt dabei, oder?"

„Da irren Sie sich – doch, ich bin dabei. Sie haben doch sicher in der Zeitung gelesen, dass Richard Günter Koppelkamm, mein Schauspielerkollege, der dieses Jahr den Grumbach spielte, vor dem *Stachel* auf tragische Weise zu Tode gekommen ist. Dadurch war die Festspielleitung schwer in Nöten, weil sie keine Zweitbesetzung hatte. Ich kann mir denken, welche Überwindung es sie gekostet hat, mich zu fragen, ob ich nicht wieder einspringen könnte. Nachdem das Honorar stimmte, habe ich mich großmütig bereiterklärt, ihnen zu helfen."

Rottmann konnte sich gut vorstellen, wie der Großmut Zünders bei der Spielleitung angekommen war. Wahrscheinlich hatte er sie eine ganze Weile zappeln lassen.

„Leider ist es nach der gestrigen Vorstellung hinter der

Bühne zu einem weiteren Zwischenfall gekommen. Der Bürgermeister, der Vater des Mädchens, das mir im letzten Jahr schöne Augen gemacht hat – er hat als Fürstbischof Conrad von Thüngen ebenfalls eine tragende Rolle –, hat mich bedroht."

„Wieso? Haben Sie wieder bei der Weiblichkeit, na, sagen wir mal gewildert?"

Zünder hob die Handflächen. „Lieber Herr Rottmann, was soll ich machen? Es scheint mein Schicksal zu sein, dass mir die Damen gewogen sind. Die bewusste Evi, wegen der es im letzten Jahr zum Eklat kam, spielt noch immer mit und ist mir, nachdem ich letzte Woche zum ersten Mal bei den Proben aufgetaucht bin, sofort um den Hals gefallen. Sie hätten mal ihren Vater hören sollen. Das ist ein Choleriker erster Güte und ich mache mir wirklich Sogen um meine körperliche Unversehrtheit."

Rottmann hatte den Eindruck, dass Zünder tatsächlich Angst hatte. „Ich kann Ihre Besorgnis verstehen", erklärte er, „allerdings sehe ich noch nicht, wie ich Ihnen helfen könnte."

„Herr Rottmann, ich weiß doch aus der Presse und aus Berichten des Kollegen Nabenschlager, dass Sie sich noch immer erfolgreich in Mordermittlungen einschalten. Wenn Sie als erfahrener Polizeibeamter bei der nächsten Aufführung in Giebelstadt in meiner Nähe wären, würde ich mich bedeutend sicherer fühlen."

Erich Rottmann zog die Augenbrauen in die Höhe. „Sie meinen, ich soll quasi Ihren Bodyguard spielen?"

„Genau. Das wäre wirklich ganz super von Ihnen. Am Honorar soll es nicht scheitern." Zünder sah sein Gegenüber erwartungsvoll an.

Rottmann lachte leise. „Mein lieber Zünder, nehmen Sie es mir nicht übel, aber ich werde sicher nicht meinen Kopf wegen irgendwelcher Frauengeschichten für Sie hinhalten. Da müssen Sie schon alleine durch."

Der Stadtrat sah Rottmann enttäuscht an. „Diesem Glück ist wirklich alles zuzutrauen", ergänzte er. „Können Sie das verantworten, mich so einer Gefahr auszusetzen?"

Rottmann trank seinen Cappuccino aus, dann griff er in seine Hosentasche und legte mehrere Geldstücke neben die Tasse. „Herr Zünder, wenn Sie sich solche Sorgen machen, sollten Sie sich an die Kollegen der Polizei wenden. Allerdings bräuchten Sie dann konkrete Beweise, dass dieser Hermann Glück Ihnen wirklich ernsthaft an den Kragen will, und die haben Sie nicht. Mein Gott, Zünder, Sie sind doch ein gestandenes Mannsbild. Sie werden sich schon Ihrer Haut erwehren können. Tut mir leid." Mit diesen Worten erhob sich Rottmann, grüßte kurz und marschierte los. Manche Leute hatten wirklich merkwürdige Ideen.

Ein paar Minuten später vollzogen Erich Rottmann und Öchsle den gewohnten Einkehrschwenk in den *Maulaffenbäck.*

Zwei Tage später geschah etwas, was Erich Rottmann zu einem Umdenken veranlasste.

Richi Huttner hatte von einem Glaser eine neue Lampe am Erker des *Stachel* anbringen lassen. Es war ein exakter Nachbau der ursprünglichen Laterne, nur diesmal war sie zusätzlich mit einer massiven Kette am Haus befestigt worden.

Da die Ermittlungsbehörden niemandem ein Verschulden nachweisen konnten, musste man den Tod des Richard Günter Koppelkamm tatsächlich in den Bereich höherer Gewalt einordnen. Die Akten wurden geschlossen und der tote Schauspieler eingeäschert.

Einen Tag nach der Lampenaufhängung, von der auch in einer kurzen Notiz die Mainpostille berichtete, besuchte Ringo Zünder kurz nach 22 Uhr zusammen mit einer gutaussehenden jungen Frau den *Stachel.* Die beiden bekamen von der Bedienung im Hof einen Zweiertisch zugewiesen, wo sie sich dicht nebeneinander niederließen. Es war unübersehbar, dass die beiden verliebt waren. Die Frau konnte ihre Augen nicht von Zünder lassen und ihre Hände suchten ständig Kontakt zu ihm. Nachdem die beiden ihre Schoppen vor sich stehen hatten, neigte der Schauspieler sich ihr zu und sagte mit gesenkter Stimme: „Evi, wenn uns dein Vater hier so sehen könnte, würde er mich umbringen."

„Vergiss doch meinen Vater", erwiderte Evi Glück ebenso

leise. Sie war kurzerhand nach Würzburg gefahren, um sich mit Zünder zu treffen. „Er redet sich ein, dass du meine Zukunft zerstört hast, weil ich wegen dir diesen Ami habe sausen lassen. Dabei war das nur eine fixe Idee meines Vaters, weil der Bursche vermögend war. Ich wollte immer nur dich und das will ich heute noch.“ Sie kroch ein Stück näher und biss Ringo Zünder sanft in ein Ohrläppchen. „Wenn du willst, kann ich heute Nacht bei dir bleiben.“

Zünder warf vorsichtig einen Blick in die Runde, ob sie auch nicht beobachtet wurden. Immerhin war er als Stadtrat eine öffentliche Person und bekannt wie ein bunter Hund. Wenn sich unter den Gästen ein Pressefritze befand, konnte er morgen die wildesten Gerüchte in der Zeitung lesen.

„Evi, Schatz, wir müssen etwas vorsichtig sein, sonst muss ich mir wirklich ernsthafte Sorgen um meine Gesundheit machen. Dein Vater ist meines Erachtens unberechenbar. Weiß er, wo du bist?“

„Ich bin fast fünfundzwanzig und ihm keine Erklärung schuldig“, gab sie trotzig zurück. Sie rückte ein Stück ab. „Außerdem ist mir egal, was er denkt. Er führt sich mir gegenüber auf wie ein Pascha, der seinen Harem zusammenhalten will!“

Zünder musste lachen, dann sah er sie prüfend an. „Sag mal, was ist denn an der Geschichte dran, dass du auch mit Richard Günter Koppelkamm etwas hattest?“

Evi verdrehte die Augen. „Der Kerl hat mich angebaggert und von mir eine Abfuhr bekommen. Das kannst du mir glauben. Nur mein Vater hat sich wieder was zusammengereimt.“

„Gut“, antwortete Zünder und küsste ihren Handrücken. „Ich denke, wir sollten uns jetzt stärken.“ Er reichte ihr eine der Speisenkarten, die die Bedienung an den Tisch gebracht hatte, und vertiefte sich in das Studium der Köstlichkeiten, die die Küche des *Stachels* zu bieten hatte.

Gute zwei Stunden später verließ das Paar eng umschlungen den Hof des Weinlokals. Sie waren beide nicht mehr ganz nüchtern und Zünder war mittlerweile zu der Erkenntnis gekommen, dass er absolut keine Lust hatte, die kommende Nacht alleine zu verbringen. Die frische nächtliche Brise kühlte ihre erhitzten Gesichter, jedoch nicht ihre Hormone. Kaum in der Gressengasse, warf sich Evi plötzlich Ringo Zünder um den Hals. Dieser taumelte, überrascht von dem plötzlichen Ausbruch ihrer Gefühle, gegen die Hauswand, als er auch schon Evis heiße Lippen auf den seinen fühlte.

Allein dieser stürmischen Umarmung verdanken Ringo Zünder und Evi Glück ihr Leben. Der heruntersausende Morgenstern streifte Ringo nur leicht und zerbarst mit einem scheppernden Klirren neben ihm auf dem Kopfsteinpflaster. Entsetzt fuhren die beiden auseinander und starrten auf die Scherben zu ihren Füßen.

„Mein Gott“, stöhnte der Schauspieler und lehnte kreidebleich an der Hauswand.

Evi war so schockiert, dass sie zunächst gar nicht realisierte, dass sie beide nur knapp dem Tod entgangen waren. Mit hoher Wahrscheinlichkeit hätte die Lampe sie beim Küssen erschlagen.

Der Krach hatte eine der Bedienungen alarmiert, die durch das Hoftor auf die Straße gelaufen kam. Neugierige Gäste kamen hinzu. Innerhalb kürzester Zeit war vor dem *Stachel* ein regelrechter Auflauf.

Richi Huttner stand total aufgelöst neben den Trümmern der Laterne und raufte sich die schütteren Haare.

„Das gibt es nicht … das gibt es einfach nicht …“, stöhnte er immer wieder. „Das ist ja wie verhext!“

Irgendjemand musste die Polizei verständigt haben. Jedenfalls rollte ein paar Minuten später ein Streifenwagen in die

Gressengasse. Die beiden Beamten hörten sich die Geschichte der beiden Betroffenen geduldig an.

„Das war eindeutig ein Mordanschlag auf meine Person!", verkündete Zünder mit tragender Stimme. „Ich erstatte selbstverständlich Strafanzeige."

Der Streifenführer nahm seinen Kollegen zur Seite. „Ich denke, wir sollten die Kripo verständigen. Da ist doch vor ein paar Tagen schon einmal ein Unfall mit dieser Laterne passiert."

Während der zweite Polizist zum Einsatzfahrzeug ging und sich über den Funk bei der Zentrale meldete, lief Richi Huttner vor seinem Weinlokal herum und versuchte die Leute zu beruhigen.

„Herrschaften, nehmen Sie doch bitte wieder Platz. Es ist ja nichts passiert. Ich lade Sie zu einem Freigetränk Ihrer Wahl ein. Kommen Sie doch bitte wieder herein. Die Polizei wird die Sache klären."

Da entdeckte er zwischen den Menschen den roten Schopf der Journalistin Giseldis Forgér, die zwischen seinen Gästen herumlief und neugierige Fragen stellte. Wo war die Pressetante nur so schnell hergekommen? Die hatte ihm gerade noch gefehlt!

Gerade unterhielt sie sich mit Ringo Zünder und seiner Begleitung. Der Stadtrat wiederholte seine Ansicht, dass dies ein Anschlag auf sein Leben gewesen sei.

„Wie kommen Sie darauf?", wollte Forgér wissen.

„Es gibt offenbar jemanden, der einen Hass auf Darsteller der Florian-Geyer-Festspiele hat", führte Zünder seine These aus. „Mein Kollege Richard Günter Koppelkamm spielte dort und ist unter denselben Umständen ums Leben gekommen. Ich bin jetzt sein Nachfolger. Da soll niemand behaupten, das wäre Zufall!"

Der Leiter der Mordkommission wurde zuhause von dem Ereignis in der Gressengasse informiert. Sebastian Krämer hatte angeordnet, über alle neuen Fälle, die das Kommissariat erreichten, Tag und Nacht benachrichtigt zu werden. Als er hörte, dass Stadtrat Zünder fast einem Anschlag zum Opfer gefallen wäre, erklärte er die Angelegenheit sofort zur Chefsache. Wahrscheinlich war bereits die Presse vor Ort. Die Herrschaften hatten ein Recht auf seine Stellungnahme.

Sofort wählte er die Nummer von Florian Deichler und legte los: „Egal, was Sie gerade machen, Deichler, beenden Sie es und holen Sie mich sofort zuhause ab, wir haben einen dringenden Einsatz!“ Ohne Gruß legte er auf.

Deichler, der gerade im Fernsehen ein Fußballspiel verfolgte, fluchte wütend und schaltete den Fernseher aus.

„Verdammt noch mal, was ist denn jetzt schon wieder los? Für derartige nächtliche Einsätze gibt es doch den Kriminaldauerdienst.“ Er zog seine Schuhe an und stieg in sein Auto. Ohne besondere Eile fuhr er durch das nächtliche Würzburg zum Haus seines Chefs.

„Los, los“, kommandierte Krämer, nachdem er grußlos eingestiegen war, „wir müssen zum Weinhaus *Zum Stachel,* dort hat es einen Anschlag auf einen Stadtrat gegeben.“

Deichler gab wortlos Gas.

Ihm war jetzt klar, warum es Krämer zu dieser späten Stunde so eilig hatte. Ein Stadtrat war städtische Prominenz und bedeutete Presse. Sein Chef ließ keine Möglichkeit aus, sich bei den Medien ins rechte Licht zu rücken.

Angekommen, stieg Krämer mit großer Geste aus Deichlers Wagen und sah sich um. Seine Enttäuschung war groß, als er am Tatort nur noch Schöpf-Kelle entdeckte. Giseldis Forgér hatte sich, als sie ihren Kollegen nahen sah, schnell verdrückt.

„Ist sonst keine Presse vor Ort?“, fragte Krämer und stellte sich neben Stadtrat Zünder für ein Foto in Pose. In der Zwischenzeit hatte sich Evi diskret vom Tatort entfernt. Verständlicherweise hatte sie kein Interesse daran, ihr Bild am nächsten Tag in der Zeitung zu sehen.

Krämer merkte sehr schnell, dass hier keine Lorbeeren zu ernten waren. Nachdem er Schöpf-Kelle ein kurzes Interview und Deichler einige völlig überflüssige Anweisungen gegeben hatte, verabschiedete er sich und nahm sich ein Taxi.

Deichler forderte vom Kriminaldauerdienst einen Techniker an, der den Tatort fotografieren und das Beweisstück in Form der defekten Lampe sichern sollte. Dann befragte er kurz die Beteiligten und bat sie, am nächsten Tag in die Polizeidirektion zu kommen, damit man ihre Aussagen aufnehmen konnte. Selbstverständlich nahm er auch Zünders Meinung zur Kenntnis, die in einer wirren Verschwörungstheorie gipfelte. Er versprach dem Stadtrat, diese Sicht in die Anzeige mit aufzunehmen.

Damit war die Angelegenheit für Deichler zunächst erledigt und er fuhr wieder nach Hause. Aus den Spätnachrichten erfuhr er, dass seine favorisierte Fußballmannschaft verloren hatte. Er fluchte über den misslungenen Abend.

Evi hatte das Erlebnis so erschreckt und schutzbedürftig gemacht, dass Ringo Zünder ihr gern Asyl bei sich zu Hause gewährte, um sie zu trösten.

Für den besorgten Leser sei angemerkt, dass die Ereignisse und der damit verbundene Presserummel dem Stachel *nicht schadeten. Im Gegenteil. Viele Touristen kamen in den nächsten Tagen und Wochen aus einer Art morbiden Neugier in das Weinlokal, um es sich mit einem gewissen Schauer am Ort des dramatischen Geschehens wohlergehen zu lassen.*

Geschäftstüchtig, wie Richi Huttner nun einmal war, ergriff er die Chance und veranstaltete einmal im Monat ein Florian-Geyer-Mahl mit Speisen aus dem Bauernkrieg. Zu diesem Zweck stellte Richi Huttner eigens einen Rentner ein, der in einem zeitgenössischen Kostüm den Gästen die Geschichte des Florian Geyer und seines Schwarzen Haufens erzählte.

Rottmanns Meinungsänderung bezüglich Zünders Anliegen wurde durch Schöpf-Kelles Zeitungsartikel eingeleitet. Die Stammtischbrüder im *Maulaffenbäck* waren ebenfalls einhellig der Meinung, dass die Ereignisse am *Stachel* nichts mehr mit Unfällen zu tun hatten.

„Meines Erachtens liegt doch auf der Hand", erklärte Xaver Marschmann im Brustton der Überzeugung, „dass das alles irgendetwas mit diesen Florian-Geyer-Festspielen zu tun hat. Die Verbindung ergibt sich doch schon aus dem historischen Zusammenhang des *Stachels* mit Florian Geyer. Wenn ich das richtig in der Zeitung gelesen habe, waren die Opfer immer Schauspieler, die diesen Wilhelm von Grumbach verkörperten. Meines Wissens nach hat der Bursche doch damals den Florian Geyer meucheln lassen."

„Xaver, ich halte das für ausgemachten Blödsinn", entgegnete Ron Schneider. „Das klingt ja gerade so, als wäre Florian Geyer nun nach rund fünfhundert Jahren aus dem Grab gestiegen, um späte Rache zu nehmen. Einfach lächerlich!"

Horst Ritter war die ganze Zeit still gewesen. Nun mischte er sich ein: „Sag mal, Erich, du hast uns doch erzählt, dass die tote Frau im Wald etwa der Zeit des Bauernkriegs zuzuordnen ist. Und dass der Dolch, der sie getötet hat, wahrscheinlich aus dem Hause Grumbach stammt."

Rottmann nickte bestätigend.

„Das, was ich jetzt sage", fuhr Ritter fort, „klingt völlig

aberwitzig. Aber könnte es nicht einen Zusammenhang zwischen der Toten und den Geschehnissen um den *Stachel* und die Festspiele geben?"

Diese gewagte These löste bei den Stammtischbrüdern allgemeines Gemurmel aus.

Als Rottmann einige Zeit später den Stammtisch verließ, gingen ihm die Meinungen der Schoppenbrüder durch den Kopf. Vieles war ihm zu mystisch, fern realer Fakten. Nur die zählten für ihn als Kriminalisten. Ein Fakt war, dass, objektiv betrachtet, Ringo Zünder durchaus gefährdet sein konnte. Der ehemalige Leiter der Mordkommission wusste aber auch, dass Krämer wegen solcher sehr vagen Verdachtsmomente Zünder keinen Personenschutz gewähren konnte. Auch wenn Zünder Stadtrat war – die Polizei hatte einfach zu wenig Personal.

Auf dem Rückweg vom Stammtisch kam Rottmann am Rathaus vorbei und entschied, jetzt gleich mit Ringo Zünder zu sprechen.

Rottmann und Öchsle betraten den Grafeneckart über den Eingang am Vierröhrenbrunnen. Da er nicht wusste, wo Zünders Zimmer lag, klopfte er an die Tür von Stadtrat Nabenschlager. Nach einem sonoren „Herein!" trat Rottmann ein.

Nabenschlager war schon eine gefühlte Ewigkeit im Rat der Stadt. Ihn und Rottmann verband eine Freundschaft, ohne dass die beiden dies jemals besonders betont hatten.

„Servus, Erich", freute sich Nabenschlager und stand auf, um den Exkommissar zu begrüßen. Selbstverständlich hatte er auch für Öchsle ein paar Streicheleinheiten übrig. „Was kann ich für dich tun?" Er bot Rottmann einen Platz an.

„Du, ich will mich gar nicht lange aufhalten. Ich suche nur das Büro von Ringo Zünder."

Nabenschlager runzelte die Stirn. „Ich habe schon in der Zeitung gelesen, was ihm fast widerfahren wäre. Er hat mich neulich nach deiner Telefonnummer gefragt. Ich hoffe, du hast es mir nicht übel genommen, dass ich sie herausgegeben habe. Er schien Probleme zu haben, was sich ja durch die jüngsten Ereignisse bestätigt hat."

„Ja, er hat mich angesprochen und mich um eine Art Personenschutz gebeten, weil er sich bedroht fühlte. Ich habe damals abgelehnt, weil mir seine Befürchtungen als Hirngespinste erschienen. Nach den jüngsten Ereignissen muss ich mich bei ihm entschuldigen. Seine Angst scheint nicht ganz unbegründet zu sein."

Nabenschlager nickte. „Einfach den Flur runter, Erich, die letzte Tür rechts. Ich weiß allerdings nicht, ob er da ist." Er ging zum Schreibtisch und griff sich ein Blatt Papier. „Hier ist eine Telefonliste. Sie ist zwar nur für den internen dienstlichen Gebrauch, aber ich denke, in dem Fall kann ich dir die Nummer von Zünder geben."

Erich Rottmann tippte die Ziffern in sein Handy ein und speicherte sie ab. Dann bedankte er sich bei Nabenschlager und verließ das Büro.

Wie erwartet war Ringo Zünder nicht da. Rottmann stellte sich in eine ruhige Ecke des Flurs und wählte die soeben erhaltene Rufnummer des Stadtrats. Nach dem dritten Läuten meldete sich seine unverkennbare Stimme: „Zünder, ja bitte!"

„Hier Erich Rottmann", gab sich der Exkommissar zu erkennen. „Sie haben mich doch vor kurzem wegen ihrer Befürchtungen bezüglich Ihrer Person angesprochen."

„Ja", kam es kurz aus dem Hörer.

„Nun, ich habe der Mainpostille entnommen, dass Sie nur knapp einem Unglück entgangen sind. Ich habe da ein paar Erkenntnisse gewonnen, die mich veranlassen, Ihre Bedenken jetzt ernster zu nehmen. Wenn Sie wollen, können wir uns ja noch einmal treffen."

Rottmann hörte am anderen Ende der Leitung ein tiefes Atmen. „Mein Gott, Herr Rottmann, da bin ich Ihnen für Ihre Meinungsänderung aber sehr dankbar. Im Augenblick halte ich mich noch in Giebelstadt zu Proben auf. Können wir uns vielleicht heute Nachmittag um 15 Uhr treffen? Wieder im *Café Michel*?"

Rottmann bestätigte den Termin, dann beendeten sie das Gespräch.

Der Exkommissar dachte kurz nach, dann wählte er die Nummer von Florian Deichler. Er hatte Glück, der Kriminalbeamte war in seinem Büro. Nach einer kurzen Begrüßung kam Rottmann gleich auf den Punkt.

„Vor dem *Stachel* hat es doch einen zweiten Vorfall gegeben. Ihr habt doch die Lampenaufhängung bestimmt wieder untersucht. Gab es diesmal Hinweise auf eine Manipulation?"

„Erich, kann es sein, dass du dich schon wieder mal in Dinge einmischst, die dich nichts angehen?"

„Gott, Florian, jetzt mach keinen Stress. Das war doch eine ganz einfache Frage. Ich will doch nicht, dass du mir ein Staatsgeheimnis verrätst."

„Ist ja gut", gab Deichler nach. Er merkte, dass Rottmann nicht zu Plänkeleien aufgelegt war. „Also, weil du es bist. Huttner, der Wirt, hat die Lampe nach dem letzten Vorfall von einer Fachfirma absolut narrensicher befestigen lassen. Unser Techniker hat das bestätigt. Es gibt wieder keine rationale Erklärung für den Sturz der Leuchte. So unwahrscheinlich es klingt, es läuft wieder auf einen Unfall hinaus. Wir haben keine gegenteiligen Beweise." Nach einer kurzen Pause fuhr er fort: „Und Erich, konstruiere nichts in irgendetwas hinein, wo es nichts zu konstruieren gibt."

Rottmann äußerte sich nicht. Er bedankte sich und beendete das Gespräch.

Schöpf-Kelle saß am heimischen Schreibtisch und arbeitete gerade an einem Artikel über Florian Geyer. Chefredakteur Thomas Häußner-Beinhart war der Auffassung gewesen, dass die Leser der Mainpostille etwas zum geschichtlichen Hintergrund erfahren sollten, um die Zusammenhänge in den aktuellen Tatortberichten Schöpf-Kelles besser zu verstehen.

Wie immer, wenn er arbeitete, wurde er von seinem Kater namens „Strick", Schöpf-Kelles Abkürzung für Galgenstrick, tatkräftig unterstützt, indem der ihm das eine oder andere Mal schnurrend über die Tastatur marschierte und dabei einen wüsten Buchstabensalat hinterließ. Wobei der Journalist in depressiven Phasen der Auffassung war, die von Strick produzierten Texte seien intelligenter als seine eigenen.

Heute befand sich der Journalist in einem stimmungsmäßigen Hoch. So einen positiven Lauf wie derzeit hatte er schon lange nicht mehr gehabt. Das lag nicht zuletzt daran, dass seine Kollegin Giseldis Forgér im Augenblick wie vom Erdboden verschluckt schien. Der Chefredakteur war stinksauer auf sie und hatte Schöpf-Kelle angeboten, vorübergehend die Randspitzen von Forgér zu übernehmen. Eine Chance, die er natürlich mit beiden Händen ergriff.

Schöpf-Kelle hatte keine Ahnung, warum sich die Kollegin so sonderbar verhielt. War sie vielleicht krank? Seiner Kenntnis nach lebte sie alleine, nur mit ihren beiden Hunden.

Nachdenklich nahm er seinen Kater Strick auf den Schoß und kraulte ihm den Hals, was dieser mit einem lauten Schnurren quittierte. Es mochte verrückt klingen: Sicher, der Reporter freute sich, die Konkurrenz ausgestochen zu haben, auf der anderen Seite fehlte ihm der ständige Wettstreit mit der sehr streitfreudigen Forgér.

Plötzlich hatte er eine erschreckende Vorstellung: Giseldis Forgér lag tot in ihrer Wohnung, bewacht von zwei riesigen Doggen, die nichts zu fressen hatten.

Spontan ließ er den Kater zu Boden gleiten, der diese Nichtbeachtung seiner Katermajestät mit einem Tatzenhieb gegen die Hand seines Menschen ahndete. Schöpf-Kelle hatte einen Entschluss gefasst, den er sofort in die Tat umsetzen wollte, bevor er ihn wieder bereute. Auch er war Single. Die Vorstellung, eines Tages tot in der eigenen Wohnung zu liegen und von Kater Strick angeknabbert zu werden, fand er nicht sonderlich erbaulich. Er unterbrach seine Arbeit und setzte sich in sein Auto.

Als er an der Haustür von Giseldis Forgér läutete, hörte Schöpf-Kelle sofort von drinnen das tiefe Bellen der beiden Doggen. Zumindest den beiden schien es gut zu gehen. Der Reporter hatte gegenüber den beiden Riesen schon immer eine gewisse Skepsis gepflegt. Ihm war unverständlich, wie man in einer Stadtwohnung zwei Deutsche Doggen halten konnte. Aber womöglich benötigte Giseldis die beiden für ihr Selbstbewusstsein. Er schob diese Gedanken zur Seite. Jetzt war nicht die Zeit für Küchenpsychologie. Er klingelte erneut. Nichts tat sich.

Als er schon gehen wollte, um den Hausmeister zu finden, der die Tür öffnen könnte, hörte er von drinnen den Schlüssel im Schloss, dann wurde die Tür langsam einen schmalen Spalt geöffnet. Schöpf-Kelle bekam einen gewaltigen Schrecken.

Nicht wegen der beiden Hundeschnauzen, die sich neugierig neben der Frau durch den Türspalt drängten. Es war Giseldis selbst, die ihm beinahe die Fassung raubte, obwohl er auf den ersten Blick gar nicht so sicher war, dass es sich tatsächlich um seine Kollegin handelte. Die Frau, die unter der Tür stand, hatte zwar die Größe der Journalistin, trug jedoch lange blutrote Haare, die ihr Gesicht einrahmten. Eine Perücke, wie Schöpf-Kelle beiläufig registrierte. Das eigentlich Entsetzliche aber war ihr Gesicht. Die Frau hatte sich, offenbar mit Theaterschminke, schneeweiß angemalt und sah aus wie eine Leiche. Durch Schöpf-Kelles Gehirn zuckte ein Gedanke. Ehe er ihn jedoch zu Ende denken konnte, sagte die Frau mit Giseldis Forgérs Stimme: „Tritt ein." Sie öffnete die Tür so weit, dass Schöpf-Kelle durchgepasst hätte, wenn sich nicht die beiden Hunde nach vorne gedrängelt hätten, offenbar um den Gast zu begrüßen. Das kurze Kommando, mit dem sie die beiden zur Ordnung rief, war wieder Giseldis Stimme im Original. Sofort verzogen sich die Doggen in die Wohnung.

„Tritt ein", wiederholte sie, nun mit ungewohnt sanfter Stimme, und machte eine einladende Geste. Schöpf-Kelle riskierte es. Sofort fiel ihm ihre ungewöhnliche Kleidung auf, die ihm irgendwie bekannt vorkam. Er gab sich große Mühe, seine Verwunderung über Forgérs Äußeres zu verbergen.

Sie ging voraus ins Wohnzimmer. Schöpf-Kelle folgte. Die Doggen waren nicht zu sehen. Als er die Schwelle zu dem Wohnraum überschritt, blieb er stehen, als wäre er gegen eine Wand gelaufen.

„Krass!" Mehr brachte er nicht heraus. Von jeder freien Stelle an den Wänden des Zimmers starrte ihm das tote Gesicht der Leiche aus dem Gramschatzer Wald entgegen. Giseldis Forgér hatte jede Möglichkeit genutzt, den Wohnraum mit Fotoausdrucken der Frau zu pflastern.

Die Journalistin, die gnadenlos jede Story verfolgte, wenn sich eine Gelegenheit bot, stand mitten im Zimmer und schaute mit verklärtem Blick die Bilder an.

„Strahlt sie nicht pure Liebe aus", flüsterte sie. „Sie hat mir gesagt, dass sie Domina heißt. Welch schöner Name. Findest du nicht auch?"

Schöpf-Kelle sah abwechselnd von den Bildern zu Giseldis und wusste nicht, was er sagen sollte. Das war doch der reinste Wahnsinn! Forgér war offenbar völlig durchgeknallt!

„Ja, ein wirklich sehr schöner Name", entgegnete Schöpf-Kelle. Er wusste gar nicht, dass Domina ein normaler Frauenname war. Bis jetzt hatte er damit immer eine bestimmte Berufsgruppe verbunden, deren Dienstleistungen er persönlich aber nichts abgewinnen konnte.

„Ich liebe diese Frau", redete Giseldis plötzlich weiter, „und sie liebt mich. Es gibt Menschen in diesem Spiel, die wollen ihr Böses. Ich werde sie vor ihnen beschützen!" Beim letzten Satz hatte sie ihre Stimme erhoben.

„Tja, das solltest du unbedingt tun", gab Schöpf-Kelle zurück. Er hatte einmal gelesen, dass man psychisch gestörten Menschen auf keinen Fall widersprechen soll. Und dass seine Kollegin einen ordentlichen Riss in der Schüssel hatte, daran hatte er keinerlei Zweifel. Daher maß er ihren Worten keine tiefere Bedeutung bei.

„Ich schätze, ich werde mich mal wieder verabschieden", erklärte er, wobei er sich langsam rückwärts in Richtung Tür bewegte. „Ich wünsche dir noch einen schönen Tag. Wirklich ganz schöne Bilder." Ein schneller Griff und die Wohnungstür war offen und er draußen. So schnell er konnte, brachte er ein Stockwerk zwischen sich und Giseldis' Wohnung, dann lehnte er sich an die Wand.

„Wahnsinn! Der totale Wahnsinn!" Kopfschüttelnd brachte

er wieder etwas Ordnung in seine Gedanken. Sollte er eingreifen? Insgesamt machte Giseldis, mal von ihren Spinnereien abgesehen, einen ganz gesunden Eindruck. Ihre Hunde sahen auch nicht unterernährt aus und in der Wohnung herrschte keine übertriebene Unordnung. Zumindest wenn er seine Vorstellungen von häuslicher Ordnung als Maßstab anlegte. Offenbar kümmerte sie sich um ihre Angelegenheiten, wenn sie sich nicht gerade als Leiche Domina verkleidete.

Schöpf-Kelle beschloss, zunächst einmal die Gunst der Stunde zu nutzen und aus Giseldis Abwesenheit einen beruflichen Vorteil zu ziehen. Wahrscheinlich würde seine Kollegin irgendwann wieder von ihrem Trip herunterkommen. Bis dahin musste er seine Pflöcke unwiderruflich eingeschlagen haben.

Er setzte sich in seinen Wagen und fuhr in die Redaktion.

Giseldis Forgér hatte den Besuch von Schöpf-Kelle schon vergessen, als die Wohnungstür ins Schloss fiel. Sie warf den Bildern einen letzten Blick zu, dann drehte sie sich um und ging ins Bad. Zwanzig Minuten später kam sie ohne Perücke und abgeschminkt wieder heraus, lud ihre Doggen ins Auto und lenkte es über die B 19 in Richtung Giebelstadt.

Bürgermeister Hermann Glück lief völlig außer sich in der Küche seines Hauses auf und ab.

„Ich habe es doch mit eigenen Augen gesehen, wie du mit diesem Taugenichts in Würzburg rumgemacht hast. Nur diesem Polizeiaufgebot vor dem *Stachel* habt ihr es zu verdanken, dass ich nicht sofort hingegangen bin und diesem Haderlumpen eine reingehauen habe!“

Evi, die mit dem Rücken an der Arbeitsplatte lehnte, kniff ihre Augen wütend zu Schlitzen zusammen.

„Willst du damit sagen, dass du mir in die Stadt gefolgt bist, um mich zu bespitzeln? Das ist krank! Das ist so was von krank! Du solltest dich wirklich mal untersuchen lassen! Ich bin deine Tochter und nicht dein Eigentum!“

„Ich wollte nur sehen, ob du tatsächlich so dumm bist und dich wieder auf diesen windigen Schauspieler einlässt.“

Hanne Glück, Evis Mutter, saß am Küchentisch und verfolgte den Streit zwischen Vater und Tochter mit Tränen in den Augen. Evi hatte nicht Unrecht, mittlerweile war auch sie der Überzeugung, dass ihr Mann auf jeden Burschen eifersüchtig war, der sich Evi näherte. Auch für sie hatte das schon krankhafte Züge angenommen.

„Es ist nur schade, dass diese Lampe den Kerl nicht getroffen hat!“, brüllte Glück und trat gegen ein Stuhlbein.

Evis Gesicht wurde kreidebleich. „Hast du etwa an der Lampe herumgemacht, damit sie herunterfällt? Du bist ja ein Verbrecher! Wir hätten beide tot sein können!“

„So ein Blödsinn!“, entgegnete Glück. „Kann ich vielleicht Hauswände hochklettern?“

Evi ließ sich neben ihre Mutter auf einen Stuhl fallen.

„Mama, es tut mir wirklich schrecklich leid, aber ich kann mit diesem Menschen nicht mehr unter einem Dach leben. Ich ziehe aus.“

Glück blieb stehen und stützte beide Hände auf die Tischplatte. „Wo willst du denn hin?“, keifte er. „Mit den paar Kröten, die du verdienst, kannst du dir doch keine eigene Wohnung leisten.“

Plötzlich bekam er einen ganz stieren Blick und sein Kopf wurde knallrot. „Du wirst mir nicht mit diesem windigen Zünder zusammenziehen! Eher bringe ich den Kerl um!“ Er brüllte so, dass sich die beiden Frauen die Ohren zuhielten.

Die Reaktion seiner Frau war wie eine Explosion. Unvermittelt hieb sie mit der Faust auf den Tisch und schrie in gleicher Lautstärke zurück. „Hermann, wenn du das Kind aus dem Haus treibst, werde ich ebenfalls gehen! Ich habe endgültig die Nase voll von dir!“

Mutter und Tochter erhoben sich fast gleichzeitig. Evi so heftig, dass ihr Stuhl gegen den Küchenschrank knallte. Sekunden später schlug die Küchentür ins Schloss.

Hermann Glück starrte mit weit aufgerissenen Augen auf die geschlossene Tür. „Ihr bleibt gefälligst hier!“, brüllte er hinterher. Doch sein Geschrei blieb ungehört. Unbeherrscht nahm er einen herumliegenden Topfdeckel und feuerte ihn in die Spüle. Das Scheppern war bis in die Nachbarschaft zu hören.

Die direkten Nachbarn der Glücks, ein ruhiges Ehepaar, wussten schon lange, was in der Familie für Zwistigkeiten schwelten. Die Evi tat ihnen leid. Ein lebenslustiges Mädchen, das von einem eifersüchtigen Haustyrannen bewacht wurde wie von einem Zerberus. Sie fragten sich oft, wie lange das noch gut gehen würde, bis es zu einem Unglück kam.

Hermann Glück hatte sich mittlerweile auf einen Stuhl am Küchentisch fallen lassen. Eines war für ihn klar, wenn Evi das Haus wirklich verlassen würde, um zu diesem Zünder zu ziehen, würde er diesen Kerl umbringen!

Ringo Zünder wirkte sichtlich erleichtert. „Herr Rottmann, ich bin Ihnen ja so dankbar, dass Sie bereit sind, mir zu helfen." Rottmann und der Stadtrat saßen wieder vor dem *Café Michel.* „Sie müssen mir nur sagen, was ich Ihnen für Ihre Dienste schuldig bin."

„Reden Sie keinen Unsinn", gab der Exkommissar zurück. „Ich will von Ihnen kein Geld. Lassen Sie uns lieber überlegen, wie ich bei den beiden Aufführungen am Freitag und Samstag in Ihrer Nähe sein kann, so dass ich im Falle eines Falles eingreifen kann. Am besten besorgen Sie mir einen Platz in der ersten Reihe." Er zögerte eine Sekunde, dann fuhr er fort: „Für Öchsle benötige ich natürlich auch eine Karte. Aber das dürfte doch sicher kein Problem sein, oder?"

Zünder rieb sich nachdenklich das Kinn. „Ich denke, ich habe eine bessere Lösung."

Rottmann sah ihn interessiert an.

„Sie sitzen nicht im Publikum, sondern Sie befinden sich auf der Bühne!" Er sah Rottmann triumphierend an. „Wir verkleiden Sie als Statisten, da können Sie immer in meiner Nähe sein. Bei den vielen Tieren, die bei dem Schauspiel beteiligt sind, spielt es auch keine Rolle, wenn sich Ihr Hund mit auf der Bühne befindet. Was halten Sie von dieser Idee? Genial, nicht wahr?" Er strahlte sein Gegenüber an.

Rottmann konnte die Begeisterung Zünders überhaupt

nicht teilen. „Wie soll das funktionieren? Ich habe doch keine Idee, was ich da machen muss. Da geht wirklich nicht."

Zünder winkte ab. „Da machen Sie sich mal keine Gedanken. Wir verkleiden Sie ganz einfach als Bauern. Viele Bürger aus Giebelstadt sind als Statisten beteiligt. Da kommt es auf einen mehr oder weniger bei Gott nicht an. Sie stellen sich ganz einfach dazwischen und machen das, was die anderen tun. Das merkt kein Mensch!"

Rottmann war noch immer nicht überzeugt.

„Das ist die sicherste Lösung, lieber Herr Rottmann. Bei diesem Stück ist auf der Bühne oft die Hölle los. Jede Menge Kampfszenen, Pyrotechnik und Lichteffekte. Da wäre es überhaupt kein Problem, mich beispielsweise zu erschießen. Der Knall eines Schusses geht im künstlichen Kanonendonner völlig unter. Deshalb müssen Sie dicht bei mir sein, um die Menschen um mich herum zu beobachten." Er sah den Exkommissar mit schief gelegtem Kopf an. „Bitte, Herr Rottmann."

Seufzend gab Rottmann nach. Wahrscheinlich war es wirklich besser so.

Sie verabredeten sich für Freitag. Zünder bot Rottmann an, ihn und Öchsle mit nach Giebelstadt zu nehmen.

Zweieinhalb Stunden vor Vorstellungsbeginn holte Ringo Zünder Erich Rottmann vor seinem Haus in der Rosengasse ab. Öchsle nahm im Fußraum zwischen den Beinen seines Herrchens Platz.

Während der Fahrt sprachen Zünder und Rottmann wenig miteinander. Dem Schauspieler war seine Anspannung anzusehen.

Kurz bevor sie ankamen, erklärte er: „Ich habe dafür gesorgt, dass sich jemand um Sie kümmert. Sie bekommen entsprechende Kleider und werden ein bisschen geschminkt.

Sie spielen einen einfachen Bauern. Der Hund kann einfach so mitlaufen. Er bleibt ja sicher in Ihrer Nähe."

Rottmann nickte.

„Achten Sie immer auf den Fürstbischof. Diese Rolle spielt Hermann Glück."

Wieder nickte der Exkommissar. Einige Minuten später bogen sie in das Festspielgelände ein.

Zünder wies Rottmann kurz ein, dann musste sich der Schauspieler in die Maske begeben. Kurz bevor er den Expolizeibeamten verließ, wies er diskret zur Bühne, auf der eifrig gearbeitet wurde.

„Schauen Sie dort hinüber, der Mann mit dem roten Wams ist der Fürstbischof." Er wandte sich zum Gehen. „Ich schicke Ihnen gleich jemanden, der sich um Sie kümmert."

Öchsle beobachtete interessiert das Treiben hinter der Bühne. Vor allem die vielen Tiere hatten es ihm angetan. Als Stadthund kannte er seinesgleichen, aber Pferde und Ochsen waren für ihn nicht alltäglich.

Rottmann hingegen musterte besonders die zahlreichen Waffen, Schwerter, Dolche, Hellebarden, Dreschflegel und Sensen sowie altertümliche Gewehre, die allesamt in speziellen Gestellen standen und auf ihren Einsatz warteten. Er zog ein Schwert aus seiner Scheide und prüfte die Klinge.

„Keine Sorge", wurde er da von hinten angesprochen, „das sind alles stumpfe Nachbauten. Wenn man ein bisschen aufpasst, kann man sich damit nichts tun. Im Übrigen kommen bei den richtigen Kampfszenen Stuntfrauen und -männer zum Einsatz. Die wissen, wie man damit umgeht."

Hinter Rottmann stand ein älterer Mann, der schon als Bauer verkleidet war.

„Ich bin Norbert. Im richtigen Leben Bibliothekar, hier spiele ich einen aufständischen Bauern. Meine Frau sagt immer, eine Rolle, die mir auf den Leib geschneidert ist." Er lachte und gab Rottmann die Hand. „Wir duzen uns hier alle."

Rottmann nickte. „Erich mein Name."

Norbert fuhr fort: „Ringo hat mir gesagt, dass du bei den nächsten beiden Vorstellungen ebenfalls einen Bauern spielen willst. Kein Problem. Wir haben sowieso nicht genügend Leute. Komm mit, ich bringe dich in die Maske."

Zwanzig Minuten später war Rottmann umgezogen und geschminkt. Da wurde allerdings nicht viel Aufwand getrieben. Eine der Maskenbildnerinnen rieb ihm etwas dunkle Farbe auf die Stirn und die Stellen, die frei vom Bart waren, damit war es gut.

Bis zum Beginn der Vorführung war noch genügend Zeit. Rottmann nutzte sie, um sich in eine etwas ruhigere Ecke der Kulisse zurückzuziehen und seine Studien zu betreiben. Langsam tröpfelten schon die ersten Zuschauer aufs Gelände. Niemand beachtete den unscheinbaren Bauern mit Hund, der offenbar gelangweilt auf den Beginn der Vorstellung und damit auf seinen Einsatz wartete.

Während sich die Zuschauerplätze immer mehr füllten, zog sich Rottmann hinter die Kulissen zurück. Dort traf er Norbert, der ihm zuzwinkerte.

„Das Stück ist in sieben Akte unterteilt. Wir Bauern kommen eigentlich in allen Akten vor. Bleib einfach immer dicht bei mir, dann wird schon nichts schiefgehen."

Ganz geheuer war das Rottmann nicht, aber er gab sich Mühe.

Die Akte gingen flott über die Bühne. Der Exkommissar staunte, welcher Aufwand getrieben wurde, um die Kampfszenen realistisch darzustellen. Von Grumbach, alias Ringo Zünder, spielte seine Rolle als fieser Charakter sehr überzeugend und auch dem Darsteller des Fürstbischofs war auf der

Bühne seine Antipathie gegenüber Zünder nicht anzumerken. Bei passender Gelegenheit ließ sich Rottmann von Norbert Evi zeigen. Er musste zugeben, dass Zünder einen ausgezeichneten Geschmack hatte.

Wenn der Schauspieler während eines Akts oder zwischen den Akten in den Kulissen warten musste, stellte sich Rottmann immer in seine Nähe.

Auch Öchsle war ausgesprochen aufmerksam und verfolgte das Geschehen mit wachen Sinnen. Der Rüde verstand offenbar, dass es sich hier um einen besonderen Einsatz handelte. Rottmann wunderte sich, denn Öchsle zeigte sich von den Explosionen und Schüssen überhaupt nicht beeindruckt. Eben ein richtiger Polizeihund!

Anhand eines Programmheftes versuchte Rottmann sich jeweils auf den nächsten Akt vorzubereiten. Er hatte ja vorher keine Gelegenheit, sich mit dem Stück auseinanderzusetzen.

Fünf Akte waren ohne Probleme vorübergegangen. Zünder war kurz in seine Garderobe gegangen. Rottmann saß hinter der Bühne und las im Programmheft, was ihn im nächsten Akt erwartete: *„Das Bauernheer ist zügellos, verlottert und zerstritten, die unfähigen Anführer Metzler und Rohrbach wollen Geyer nicht mehr in ihren Reihen haben und hetzen die Menge gegen ihn auf. Wilhelm von Grumbach gelingt es mit einer List, ins Bauernlager zu gelangen: Er gibt sich als Überläufer aus, überwältigt in einem günstigen Moment Florian Geyer und verschleppt ihn in die Festung Marienberg nach Würzburg.“*

In diesem Akt waren also Wilhelm von Grumbach, Florian Geyer und Fürstbischof Conrad von Thüngen gemeinsam auf der Bühne. Jetzt galt es besonders wachsam zu sein.

Er steckte das Blatt wieder ein und sah auf. Hinter den Kulissen war plötzlich eine gewisse Unruhe zu spüren. Leute liefen umher und riefen nach dem Regisseur.

Rottmann erhob sich und kam näher. Öchsle hielt sich dicht hinter ihm.

„Was ist denn los?", fragte er einen Mann, der offenbar eine Art Regieassistent war.

„Ach, wir müssen weitermachen und der verflixte Zünder ist nicht da. Er hat in diesem Akt eine Schlüsselrolle. Wahrscheinlich flirtet er wieder irgendwo mit Evi herum."

Rottmann war alarmiert. Zuletzt hatte er Zünder in seine Garderobe gehen sehen. Wie konnte er herausgekommen sein, ohne dass Rottmann es bemerkt hatte?

Eine Frau in einem Bäuerinnenkostüm kam über den Platz gelaufen und rief: „Zünder und Glück haben sich wieder gestritten." Sie deutete hinter sich. „Dort, bei den Pferden."

Rottmann und Öchsle eilten los, der Regieassistent folgte ihnen auf dem Fuß.

Die Pferde, die fertig gesattelt, nebeneinander an einer langen Stange angebunden standen, waren sichtlich aufgeregt. Nervös tänzelten sie auf ihren Plätzen herum. Einige wieherten schrill.

Die Szene, die Rottmann vorfand, hätte auch aus dem Bühnenstück selbst stammen können: Zwischen den schnaubenden Pferden lag Ringo Zünder reglos am Boden. Aus seinem Oberkörper ragte der Griff eines Dolches.

Evi kam angerannt und ließ sich mit einem verzweifelten Schrei neben Zünder auf den Boden fallen. Dicht dabei stand Hermann Glück und sah fassungslos auf Zünder herab.

„Ich war das nicht", stammelte er.

Mit einem Blick erkannte der Exkommissar, dass Zünder noch atmete. Da hier akute Lebensgefahr bestand, packte er den völlig schockierten Regieassistenten am Arm und schrie ihn an: „Los! Holen Sie die Rettungssanitäter! Sie haben doch sicher welche hier in Bereitschaft?"

Der Mann sah ihn einen Augenblick verdattert an, dann hatte er kapiert und rannte los. Rottmann zog sein Handy aus der Tasche und wählte die Notrufnummer. Es musste sofort ein Notarzt her!

Als das erledigt war, ging er einen Schritt zur Seite und rief Florian Deichlers Privatnummer an. Gott sei Dank war der Kriminalbeamte zuhause. Rottmann schilderte ihm mit wenigen Sätzen den Sachverhalt. Deichler hielt sich nicht mit langen Reden auf.

„Okay, Erich, ich komme sofort. Sichere bitte den Tatort, bis ich eingetroffen bin. Ich schicke auch eine Streife raus, die dich unterstützen kann. Keiner der Mitwirkenden darf das Gelände verlassen."

Mittlerweile hatte sich eine ganze Traube Menschen um Zünder und Glück gebildet. Evi kniete noch immer am Boden und schluchzte. Plötzlich teilte sich die Menge, um Reinhold von Plein Platz zu machen.

„Was ist denn hier los?", bellte der Regisseur. „Wir müssen weitermachen! Warum liegt Zünder hier rum?" Dann sah er den Dolch und das Blut. „Mein Gott", entfuhr es ihm. „Aber das kann doch nicht sein. Unsere Waffen hier sind doch alle stumpf …". Er brach fassungslos ab.

Im selben Moment verschafften sich die Rettungssanitäter Platz. „Treten Sie bitte von dem Verletzten zurück!", forderte einer der Männer mit dem roten Kreuz auf der Jacke und stellte seine Tasche neben Zünder ab.

„Der Notarzt ist schon auf dem Weg", erklärte Rottmann knapp, dann wandte er sich an den Regisseur: „Ich fürchte, Sie werden die Vorstellung abbrechen müssen. Ich bin Polizeibeamter."

Dabei vergaß er zwar zu erwähnen, dass er nicht mehr im aktiven Dienst war, aber das erschien ihm im Augenblick absolut nebensächlich. „Hier ist offenbar eine schwere Straftat begangen worden, die untersucht werden muss. Die Kripo habe ich schon verständigt. Sorgen Sie dafür, dass keiner der Mitwirkenden das Areal verlässt. Und schicken Sie die Zuschauer nach Hause.“

Zuerst wollte von Plein protestieren, dann erkannte er jedoch, dass ein Weiterspielen keinen Sinn hatte. Er trat vor das Publikum. Wenig später hörte man ihn seine Ansage machen. Wegen der plötzlichen Erkrankung zweier Hauptakteure könne das Stück nicht weitergeführt werden. Er entschuldigte sich beim Publikum und erklärte ihm, dass die Karten für eine weitere Vorstellung ihre Gültigkeit behalten würden. Man konnte das Raunen der enttäuschten Zuschauer bis hinter die Bühne hören. Als er endete, kam schwacher Applaus auf.

Die Mitwirkenden hatten sich auf Bitten der Sanitäter ein Stück zurückgezogen. Rottmann achtete darauf, dass keiner das Gelände verließ.

„Wie geht es ihm?“, wollte Rottmann besorgt von einem der Männer wissen, der Zünder eine Sauerstoffmaske vor das Gesicht hielt.

Der Exkommissar war angespannt, immerhin hatte sich Zünder ihm anvertraut und er hatte den Anschlag nicht verhindern können. Während er so auf Zünder herabblickte, fiel ihm etwas auf. Er konnte den Gedanken aber nicht festhalten, weil der Sanitäter erklärte: „Er ist ohnmächtig, sein Puls rast und er verliert weiterhin viel Blut. Wir dürfen den Dolch auf keinen Fall herausziehen, weil wir nicht wissen, welche Organe verletzt wurden. Das Herz scheint auf jeden Fall nicht getroffen sein. Hoffentlich kommt der Notarzt bald. Viel Zeit bleibt uns nicht mehr!“

Evi war ein paar Schritte zurückgetreten und sah heftig schluchzend auf Zünder herab.

Glück stand in der Nähe und stammelte ein ums andere Mal: „Ich war das nicht. Ich war das nicht."

Irgendwann wurde es Evi zu viel. Sie drehte sich um und ging mit ihren Fäusten auf ihren Vater los.

„Sei ruhig! Halt endlich den Mund!", schrie sie mit sich überschlagender Stimme. „Du bist an allem Schuld! Du Mörder!"

Rottmann gab dem Regisseur ein Zeichen. Der winkte zwei Frauen herbei, die das tobende Mädchen mit sanfter Gewalt wegführten und sie zu beruhigen versuchten.

Rottmann sah auf die Armbanduhr. Wo blieb nur der Notarzt?

Plötzlich erhellte ein Blitzlicht die Szene. Rottmann wirbelte herum. „Das darf doch nicht wahr sein!", knurrte er halblaut, dann machte er einen Satz und riss Schöpf-Kelle den Fotoapparat vom Gesicht.

„Verdammt, was machen Sie denn hier? Hören Sie sofort auf zu fotografieren!"

„Was fällt Ihnen ein", erwiderte Schöpf-Kelle und riss sich los. „Das ist Behinderung der Presse!"

Öchsle tauchte neben seinem Herrchen auf und begann zornig zu knurren. Schöpf-Kelle warf dem Rüden einen unsicheren Blick zu und ließ zögernd den Fotoapparat sinken.

„Von wegen Behinderung der Presse! Sie verletzen die Persönlichkeitsrechte dieses Mannes. Wo kommen Sie überhaupt so plötzlich her?"

„Ich saß im Publikum, weil ich gerade für einen Artikel über Florian Geyer recherchiere und mit daher das Stück ansehen wollte."

In diesem Augenblick traf der Notarzt mit heulender Sirene und blinkendem Blaulicht ein. Nur kurz hinter ihm rollte die Polizeistreife aufs Gelände.

Während der Arzt sich sofort um Zünder kümmerte, ließ Rottmann mit einem warnenden Blick, der „wir sprechen uns noch“ bedeuten sollte, den Reporter stehen und ging zu den beiden Beamten. Er stellte sich ihnen vor und schilderte kurz, was geschehen war.

„Die Kripo wird bald hier sein“, erklärte der Streifenführer. „Aber so wie ich das hier sehe, werden wir Verstärkung benötigen.“ Er gab seinem Kollegen einen Wink und setzte sich ans Funkgerät des Dienstfahrzeugs.

Der Notarzt erhob sich und während die beiden Sanitäter Zünder vorsichtig auf ihre Trage legten, forderte der Arzt einen Rettungshubschrauber an.

In der knappen Viertelstunde, bis Christoph 18, der Rettungshubschrauber des ADAC, eintraf, kämpfte der Notarzt um das Leben von Ringo Zünder.

Der Regisseur ließ auf Anweisung der Polizisten schnell Requisiten und Tiere zur Seite schaffen, damit der Hubschrauber landen konnte.

Der Pilot setzte Christoph punktgenau auf die freie Fläche. Innerhalb kürzester Frist war der Verletzte eingeladen und der Notarzt des Hubschraubers übernahm. Wenige Augenblicke später erhob sich das Fluggerät wieder mit donnernden Rotoren und entschwand in Richtung Würzburg. Die Notaufnahme der Universitätsklinik erwartete den Verletzten schon.

Wegen des Hubschrauberlärms unbemerkt, war in der Zwischenzeit auch Florian Deichler mit einem Ermittlungsteam und der Spurensicherung angekommen.

Als Schöpf-Kelle die Kriminalbeamten sah, wollte er sich dezent verkrümeln. Aber Rottmann hatte ein Auge auf ihn geworfen und blaffte ihn an: „Sie bleiben hier!“

Resigniert ergab sich der Journalist in sein Schicksal. Vielleicht kam bei der Sache doch noch eine Story für ihn heraus.

Nachdem Erich Rottmann Deichler kurz informiert hatte, begannen die Kripo-Beamten mit ihrer Arbeit. Deichler nahm sich sofort den Hauptverdächtigen, Bürgermeister Glück, vor. Rottmann hielt sich im Hintergrund bereit, um seinen ehemaligen Mitarbeiter zu unterstützen.

„Ich kann wirklich nichts dafür", beteuerte Glück zum wiederholten Male.

„Sie haben Blut an den Händen", stellte Deichler nüchtern fest. „Ist das Blut des Verletzten?"

Auf ein Zeichen kam ein ein Beamter der Spurensicherung heran und machte von der blutigen Hand eine Fotoaufnahme. Dann bat er Glück den großen Ring vom Finger zu nehmen, der ebenfalls voller Blut war. Der Ring verschwand in einer Plastiktüte.

„Ich habe ihn nur geschlagen", versicherte der Bürgermeister weinerlich, „dabei wurde der Ring blutig."

„Du lügst, du Mörder!", schrie Evi und versuchte sich von ihren beiden Kolleginnen loszureißen.

„Nein, das ist die Wahrheit", erklärte Glück beschwörend. „Zünder und ich haben gestritten. Dabei hat er in seiner Wut sein Schwert gezogen und hat mich damit bedroht. Da kam Wolfgang, der Kollege, der den Florian Geyer spielt, dazu. Er wollte offenbar dazwischengehen und schlichten. Es ging dann alles schrecklich schnell. Plötzlich war diese weiße Frau da, hat sich vor Florian Geyer geworfen, Zünders eigenen Dolch aus der Scheide gezogen und ihm in die Brust gerammt. Ich schwöre bei Gott, so war es. Ich habe nichts getan!"

„Glaubt ihm kein Wort!", schrie Evi dazwischen.

„Beruhigen Sie sich", sagte Deichler, an die junge Frau gewandt. „Sie werden später auch noch vernommen."

Dann sprach er die Gruppe der Mitwirkenden an, die sich ein Stück im Hintergrund aufhielten. „Hat jemand von Ihnen den Vorfall beobachtet? Hat jemand eine weiße Frau gesehen?"

Alle sahen sich an und schüttelten den Kopf. Bis auf Florian Geyer. Er trat ein Stück vor. „Hermann Glück sagt die Wahrheit. Während der Auseinandersetzung kam von dort hinten", er deutete auf einen Pferdewagen, „eine Frau gerannt, drängte sich zwischen uns, zog Zünders Dolch und stieß zu. Das ging so schnell, dass keiner reagieren konnte. Genauso schnell, wie sie aufgetaucht war, war sie auch wieder weg. Ich konnte nichts tun."

„Ich verstehe das wirklich nicht", wiederholte sich der Regisseur. „Hier, fragen Sie Cora Schreck. Sie ist für die Stunts zuständig. Keine der hier eingesetzten Waffen ist geschärft."

Eine mittelgroße, dunkelhaarige junge Frau im Gewand eines Söldners trat in den Vordergrund. „Herr von Plein hat Recht, mit unseren Waffen kann man nicht einmal Kartoffeln schälen. Echte Klingen wären viel zu gefährlich."

Florian Deichler machte sich eine Notiz.

Erich Rottmann hatte das Gespräch mitgehört. Jetzt fiel ihm wieder der flüchtige Gedanke ein, den er beim Anblick des verletzten Zünders gehabt hatte. Als sich die Stuntfrau zurückzog, trat Rottmann zu ihr.

„Warten Sie doch bitte einen Augenblick, ich hätte da mal eine Frage." Er stellte sich kurz vor, dann fuhr er fort: „Können Sie mir sagen, woher Sie diese Waffen beziehen?"

„Natürlich. Da gibt es eine Firma in Oberfranken, die sich auf derartige Schaukampfwaffen spezialisiert hat. Man kann natürlich, wenn man es darauf anlegt, jemanden beispielsweise mit einem unserer Schwerter erschlagen. So wie mit jeder Eisenstange, nur aufgrund des Eigengewichts, aber auf keinen Fall erstechen. Dasselbe gilt für die Dolche, Hellebarden und Spieße."

„Sind die Waffen irgendwie gekennzeichnet?“

„Ja, Sie bekommen ab Werk eine Prägung, FGG für Florian Geyer Giebelstadt. Sonst wäre der Schwund zu stark.“

„Ich verstehe“, gab Rottmann zurück. „Irgendwelche Wappen oder dergleichen sind also nicht eingeprägt.“

„Nein.“

Rottmann bedankte sich und ging wieder zu den anderen. Er hätte schwören können, dass auf dem Griff des Dolches, der aus Zünders Brustkorb ragte, ein Wappen eingeprägt war. Er erinnerte sich, was Gottfried Meyer ihm von dem Dolch in der Leiche berichtet hatte. Rottmann nahm sich vor, bei nächster Gelegenheit nachzuforschen. Die Waffe würde ja sicher von der Polizei beschlagnahmt werden. Mit dem Dolch musste etwas anders gewesen sein als mit den übrigen Waffen. Wenn er den Schilderungen der Zeugen glauben durfte, hatte jene weiße Frau keine Probleme gehabt, die Waffe Zünder in die Brust zu stoßen.

Apropos die weiße Frau … Zuerst hatte er ja angenommen, dass sie eine Schutzbehauptung von Glück war. Das unbekannte Phantom, das von vielen Tätern so gerne vorgeschoben wurde, um von sich abzulenken. Aber nachdem die Frau von mehreren Zeugen gesehen worden war, schien daran doch etwas Wahres zu sein.

Während er so im Gehen grübelte, hörte er Öchsle warnend brummen. Er sah auf und entdeckte Schöpf-Kelle, der sich ihm von der Seite näherte.

„Herr Rottmann, auf ein Wort.“

„Ich gebe keine Interviews! Verflixt noch einmal, kapieren Sie das halt endlich. Warten Sie bis zur offiziellen Erklärung des Polizeipressesprechers!“

„Herr Rottmann, es geht nicht um ein Interview“, ließ der Reporter nicht locker. „Es gibt da etwas, das Sie wissen sollten.“

Erich Rottmann sah ihn misstrauisch an. „Was ist denn das wieder für ein schräger Trick?"

„Kein Trick, Herr Kommissar."

Bei dieser Anrede wurde Rottmann besonders hellhörig. Wenn Schöpf-Kelle so schleimte, war Wachsamkeit geboten.

„Es geht um diese weiße Frau, die vorhin von den Zeugen erwähnt wurde." Er druckste etwas herum, dann fuhr er fort: „Ich denke, ich weiß, wer das ist!"

Rottmann zog die Augenbrauen in die Höhe. „Ich höre."

„Wenn ich Recht behalte, sichern Sie mir dann die Exklusivrechte an einem Artikel über die Angelegenheit zu?"

Der Exkommissar fuhr wütend herum. „Schöpf-Kelle, Sie sind ein elender Mistkerl. Sie sagen mir jetzt, was Sie wissen, oder ich gehe zu Kommissar Deichler und erzähle ihm, dass Sie Kenntnisse von einer Straftat verheimlichen. Dann sind Sie dran wegen Behinderung der Ermittlungsbehörden!"

„Mein Gott, Herr Rottmann, jetzt bleiben Sie doch mal cool. Ich sage Ihnen ja, was ich weiß." Er holte tief Luft, dann stieß er hervor: „Ich bin mir ziemlich sicher, dass diese weiße Frau meine Kollegin Giseldis Forgér ist!"

Der ehemalige Leiter der Würzburger Mordkommission schüttelte ungläubig den Kopf.

„Schöpf-Kelle, was haben Sie sich denn da schon wieder für eine Schnapsidee ausgedacht. Ich weiß, dass Sie zu der Forgér ein, sagen wir mal, suboptimales Verhältnis haben. Bis zu einem gewissen Grad kann ich das auch verstehen, aber das was Sie jetzt behaupten, geht doch zu weit."

„Hören Sie mir doch erst einmal zu", gab Schöpf-Kelle zurück und dann erzählte er Rottmann, was er bei seinem Besuch bei Giseldis erlebt hatte.

Rottmanns ursprünglich skeptische Miene wandelte sich immer mehr in Verwunderung bis hin zur Fassungslosigkeit.

„Sie wollen also damit sagen, dass ihre Kollegin Forgér geistig irgendwie …“ Er machte eine bezeichnende Bewegung mit der Hand.

„Ich denke, Sie identifiziert sich mit dieser Toten. Vielleicht denkt Sie mittlerweile sogar, selbst diese Frau zu sein.“

Rottmann überlegte einen Augenblick, dann stellte er fest: „Diese Geschichte ist so verrückt, dass nicht einmal Sie sie sich ausgedacht haben können. Glauben Sie, dass die Forgér noch hier auf dem Gelände ist?“

„Das kann ich mir nicht vorstellen.“

„Okay“, traf Rottmann eine Entscheidung, „wir gehen jetzt gemeinsam zum Parkplatz. Sie fährt einen roten Fiat, wie ich damals im Gramschatzer Wald an dem Grab gesehen habe. Wenn das Auto nicht mehr da ist, fahre ich mit Ihnen zu Forgérs Wohnung. Dann werden wir ja sehen, ob sie mir einen Bären aufgebunden haben oder nicht.“

Erich Rottmann verabschiedete sich kurz von Deichler, dann marschierte er mit Schöpf-Kelle zum Parkplatz. Es waren nur noch wenige Fahrzeuge da. Auf jeden Fall kein roter Fiat.

„Fahren wir“, erklärte der Exkommissar knapp und stieg zu Schöpf-Kelle ins Auto. Wobei er feststellte, dass Auto eigentlich nicht die richtige Bezeichnung war. Fahrbare Müllkippe hätte es eigentlich besser getroffen.

Einige Zeit später klingelten sie an Giseldis Forgérs Wohnung. Vergeblich.

„Wenn sie psychisch so labil ist, kann es sein, dass sie sich etwas antut.“ Rottmann hatte seine Erfahrungen mit gestörten Straftätern und überlegte schon, ob er die Tür aufbrechen lassen sollte.

„Warten Sie hier, ich springe schnell in die Tiefgarage“, bot sich Schöpf-Kelle an und spurtete los. Nach fünf Minuten kam er heftig atmend wieder zurück. „Kein roter Fiat da.“

„Verdammt, wo könnte sie denn sein?“ Rottmann war ratlos.

Der Journalist überlegte einen Moment, dann erklärte er: „Wenn ich versuche, mich in sie hineinzuversetzen, kann ich mir nur noch einen Ort vorstellen, wo sie sein könnte. Dort, wo alles begann.“

Rottmann verstand. Einen Moment später jagte Schöpf-Kelle seine Rostlaube über die nächtlichen Straßen.

Sie erreichten den Fundort der toten Frau im Gramschatzer Wald in Rekordzeit. Zwanzig Minuten später durchschnitt das Fernlicht ihres Wagens die Schwärze der Waldnacht und spiegelte sich im Lack des roten Fiats.

„Bingo!“, jubelte Schöpf-Kelle und brachte seinen Wagen rutschend zum Stehen. Er schlug das Lenkrad ein und korrigierte seinen Standort so, dass die Scheinwerfer in Richtung gestürzte Eiche leuchteten.

„Da ist sie!“, stieß der Reporter heiser hervor. Tatsächlich fingen die Lichtkegel eine kleine Gestalt ein, die einsam zwischen den Bäumen stand und ihnen den Rücken zuwandte. Neben ihr standen zwei gewaltige Hunde und blinzelten in das Scheinwerferlicht. Schöpf-Kelle griff nach seinem Fotoapparat und wollte aussteigen.

„Sie bleiben hier. Und lassen Sie den verdammten Fotoapparat weg!“, befahl Rottmann in einem Ton, der keinen Widerspruch duldete. Langsam öffnete er die Beifahrertür. „Schalten Sie das Abblendlicht ein“, verlangte er, dann stieg er aus. Öchsle, der während der Fahrt zwischen den Beinen seines Herrchens Platz gefunden hatte, folgte ihm unaufgefordert.

Vorsichtig näherte sich Erich Rottmann der Frau, die ihm noch immer den Rücken zudrehte. Als der Exkommissar sich Forgér bis auf zwanzig Meter genähert hatte, trat er auf einen trockenen Ast, der laut brach. Im Zeitlupentempo drehte sie sich um. Jetzt wusste er auch, warum sie jeder die weiße Frau genannt hatte. Giseldis Forgér trug die lange rote Perücke und die weiße Schminke, so wie Schöpf-Kelle es ihm geschildert hatte. Ein Schrecken durchfuhr ihn, als er in ihrer rechten herabhängenden Hand einen langen blanken Dolch entdeckte. Ohne ihn genauer gesehen zu haben, war er sich sicher, dass das ein Duplikat jener Waffe war, die Zünder in der Brust steckte.

Rottmann blieb stehen. „Hallo, Frau Forgér“, sagte er mit gesenkter Stimme. „Schön, Sie hier zu treffen.“

„Giseldis Forgér ist tot“, gab sie monoton zurück. „Ich bin Domina, die große Liebe Florian Geyers. Sein Tod ist gerächt!“

Erich Rottmann machte einen Schritt nach vorne.

„Bleiben Sie stehen!“, befahl sie mit schriller Stimme. Die beiden Doggen an ihrer Seite spürten die Erregung ihres Frauchens, stellten die Nackenhaare auf und begannen bedrohlich zu knurren.

Der Exkommissar wusste, dass er den beiden großen Hunden nichts entgegenzusetzen hatte. Da sprang Öchsle unvermittelt ein paar Sätze nach vorn und zeigte mit hochgezogenen Lefzen drohend sein Gebiss.

Seine Drohsignale zeigten Wirkung. Wie an dem Tag, als die Leiche gefunden wurde und Öchsle die beiden Doggen eingeschüchtert hatte, gingen die beiden zu Boden und unterwarfen sich. Wäre die Szene nicht so ernst gewesen, sie hätte einer gewissen Komik nicht entbehrt.

Rottmann wischte sich vorsichtig den Schweiß von der Stirn. „Braver Öchsle“, murmelte er leise, aber sein Rüde hörte es.

„Domina“, führte Rottmann, Giseldis jetzige Identität nutzend, sein Gespräch fort, als wäre nichts geschehen. „Domina,

Sie haben wirklich Geyers Tod gerächt." Bewusst ließ er sie in dem Glauben, Zünder getötet zu haben.

„Das ist gut", sagte sie mit einem leisen Lächeln, das ihrem weiß geschminkten Gesicht eine gespenstische Mimik verlieh. „Dann kann ich mich ja auch zur Ruhe begeben. Florian wartet auf mich." Sie warf einen Blick in die Grube.

Erich Rottmanns Anspannung wuchs. Forgér war offensichtlich total davon besessen, die tote Frau zu sein. Anscheinend hatte sie vor, sich in dem ehemaligen Grab selbst zu töten. Der Dolch in ihren Händen sprach eine deutliche Sprache.

Fieberhaft dachte Rottmann nach, wie er sie von ihrem Vorhaben abbringen konnte. Giseldis Forgér war normalen Argumenten gegenüber nicht mehr zugänglich.

„Ich weiß nicht, ob Sie sich schon ausruhen können", warf er vorsichtig ein. „Sie haben Florian Geyer zwar gerettet, aber es gibt noch immer Menschen, die ihn töten wollen."

Rottmann war kein Psychologe. Aber bei der kranken Denkweise von Forgér schien ihm das im Augenblick die einzige Möglichkeit zu sein, sie von einem Selbstmord abzuhalten."

Tatsächlich schien er mit seinen Worten zu ihr durchzudringen. Sie hob ein wenig den Kopf und fragte: „Wer will meinem Liebsten noch schaden?"

„Wilhelm von Grumbach ist zwar tot, aber es lebt noch Conrad von Thüngen, der Fürstbischof. Auch er will den Tod Ihres Liebsten."

„Dann muss ich auch ihn töten", stellte sie merkwürdig gelassen fest. Vergessen war, dass sie sich gerade noch selbst töten wollte.

Ohne einen Blick zurück ging sie los.

„Kommen Sie, ich bringe Sie hin", erklärte Rottmann.

„Ja, bringen Sie mich hin", gab sie zur Antwort, als wäre dies die größte Selbstverständlichkeit der Welt.

Öchsle gab seine Drohhaltung den Doggen gegenüber auf und folgte Rottmann. Die beiden vierbeinigen Riesen liefen in einem angemessenen Abstand hinterher.

Schöpf-Kelle sah den beiden mit großen Augen entgegen.

„Domina hat noch eine Aufgabe zu erledigen", erklärte der Exkommissar dem Journalisten und zwinkerte ihm zu. „Ich werde sie hinbringen."

„Aha", brachte Schöpf-Kelle nur hervor. Im Augenblick kapierte er gar nichts.

„Los, Sie schnappen sich die beiden Doggen und verfrachten sie in Forgérs Auto, der Schlüssel steckt bestimmt", raunte ihm Rottmann hastig zu, während er der Frau in Schöpf-Kelles Auto half. Dabei ließ sie sich wie selbstverständlich den Dolch abnehmen. „Ich lege ihn auf den Rücksitz", erklärte Rottmann. Sie nickte geistesabwesend. Er fasste die Waffe am äußersten Ende des Griffes an, um keine Fingerabdrücke zu verwischen. Dabei registrierte er, dass die Waffe spitz und scharf war, also kein Dolch für die Festspiele. Im Griff war das bekannte Wappen eingraviert. Rottmann legte ihn auf den Fußboden hinter dem Sitz.

Während Erich Rottmann um das Auto herumging, gab er dem dämlich dreinschauenden Schöpf-Kelle einen Stoß.

„Los, jetzt machen Sie schon. Wenn ich losgefahren bin, verständigen Sie die Nervenklinik in der Füchsleinstraße und sagen, dass ich eine suizidgefährdete Frau mitbringe. Sie sollen am Eingang auf mich warten.

„Was soll ich mit den verdammten Kötern anfangen?"

„Lassen Sie sich etwas einfallen. Nehmen Sie sie meinetwegen mit nach Hause! Ihr Auto können Sie morgen bei mir in der Rosengasse abholen."

Nach diesen Worten setzte sich Rottmann hinter das Steuer von Schöpf-Kelles Wagen und fuhr los.

„... aber ich habe doch eine Katze ...", stammelte ihm Schöpf-Kelle hinterher. Aber Rottmann konnte ihn schon nicht mehr hören.

Der Exkommissar war kaum einen Kilometer gefahren, als er feststellte, dass Giseldis Forgér neben ihm eingeschlafen war. Er atmete auf. Das würde die Sache erleichtern.

Eine halbe Stunde später war die Frau in der Obhut der Ärzte. Rottmann schilderte kurz den Sachverhalt und bat den Oberarzt, sich mit der Mordkommission in Verbindung zu setzen, dann fuhr er nach Hause. Dort angekommen, rief er trotz der späten Uhrzeit in Deichlers Büro an. Wie erwartet, war der Kriminalbeamte noch am Arbeitsplatz.

„Hallo Erich, gut, dass du anrufst. Du bist vorhin so schnell verschwunden. Du weißt, dass wir auch von dir eine Aussage benötigen."

„Klar. Aber zunächst die Hauptsache: Wie geht es Ringo Zünder?"

„Er wurde notoperiert. Vermutlich wird er durchkommen."

Rottmann atmete auf. Die Sorge um den Schauspieler, den er letztlich nicht beschützen konnte, belastete ihn sehr.

„Habt ihr Glück festgenommen?"

„Ja. Er sitzt im Vernehmungszimmer. Er erzählt noch immer diese verrückte Geschichte mit der weißen Frau."

Rottmann räusperte sich. „Du, Florian, ich muss dir etwas sagen."

Am anderen Ende der Leitung trat Stille ein. Florian Deichler kannte seinen ehemaligen Chef sehr gut. Er wusste, dass nun etwas von Bedeutung folgen würde.

„Ihr habt wirklich den falschen Täter. Glück hat nicht zugestochen. Die weiße Frau existiert wirklich!"

Und Erich Rottmann erzählte dem immer fassungsloser zuhörenden Kriminalbeamten die Geschichte von Giseldis Forgér, soweit er sie selbst kannte.

„Ein Duplikat des Dolches, mit dem Zünder verletzt wurde, liegt im Auto von Schöpf-Kelle. Es steht bei mir in der Rosengasse." Es trat eine kurze Stille ein. Deichler war sprachlos.

„Na dann, Florian", fuhr Rottmann fort, „ich wünsche dir noch eine gute Nacht. Nachdem ich dir den Fall ja gelöst habe, wirst du wohl auch nicht mehr allzu lange arbeiten müssen."

Durch den Hörer kam ein lautes Schnaufen.

„Erich Rottmann, manchmal raubst du mir wirklich den letzten Nerv." Damit legte er auf.

Der Angesprochene sah Öchsle mit gespielter Verwunderung an. „Kannst du verstehen, was er hat? Ich weiß es auch nicht, die jungen Leute heutzutage haben überhaupt keine Nerven mehr."

Zwei Tage nachdem Giseldis Forgér in die Nervenklinik eingeliefert worden war, näherte sich ein Mann dem Schwesternzimmer.

„Grüß Gott, ich würde gerne meine Schwester Giseldis Forgér besuchen", erklärte er und lächelte die Krankenschwester freundlich an. In der Hand hielt er einen Blumenstrauß.

„Sie sind der Bruder von Frau Forgér?", vergewisserte sich die Schwester und sah den Mann prüfend an. Was sie sah, schien sie zu beruhigen. „Da muss ich aber erst den Oberarzt fragen. Gegen Ihre Schwester ermittelt die Staatsanwaltschaft. Sie liegt auf der geschlossenen Station." Sie griff zum Telefonhörer und führte ein kurzes Gespräch. Danach ließ sie sich den Personalausweis geben und machte einen Eintrag in ein Formular.

„Zehn Minuten", erklärte sie schließlich und kam aus dem Glaskasten des Schwesternzimmers heraus. „Wundern Sie sich nicht, das sie nicht ansprechbar ist. Wir mussten sie zu ihrem eigenen Schutz sedieren. Kommen Sie mit."

Sie eilten über den Flur bis zu einer Verbindungstür, die abgeschlossen war. Die Schwester öffnete. Einige Zimmer weiter schloss sie ein Krankenzimmer auf.

„Die Blumen können Sie mir geben, ich werde sie in eine Vase stellen. Wie gesagt, zehn Minuten. Ach, noch etwas, stören Sie sich nicht an den Kameras. Da Ihre Schwester selbstmordgefährdet ist, wird sie ständig überwacht."

Der Mann nickte und betrat das Krankenzimmer. Mit einem Blick erkannte er die beiden Kameras, die in den Zimmerecken installiert waren.

Giseldis Forgér lag in dem einzigen Bett im Zimmer und schlief. An den Seiten des Bettes waren herunterklappbare Gitter angebracht. Die Frau war blass wie der Kissenbezug. Lediglich ihre roten Haare stachen davon ab.

Der Besucher schnappte sich einen Stuhl und ließ sich neben dem Bett nieder.

Auf der anderen Seite des Bettes stand ein Infusionsständer, an dem ein Beutel mit einer Flüssigkeit hing, die langsam über einen Zugang im Handrücken in die Blutbahn der Kranken lief.

„Hallo, Gisi", sagte Schöpf-Kelle leise, weil er nicht wusste, ob der Raum abgehört wurde.

Etwas zögerlich griff er nach ihrer freien Hand. Der Reporter konnte selbst nicht verstehen, warum er hierhergekommen war. Giseldis und er waren Konkurrenten, gewiss, aber irgendeine menschliche Seite an ihm hatte Mitleid mit ihr.

„Ich dachte, ich schau mal vorbei. Ohne dich ist es in der Redaktion ziemlich langweilig."

Eigentlich hatte er keine Reaktion erwartet. Doch plötzlich öffnete Giseldis Forgér die Augen und sah ihn an. Er hatte das Gefühl, dass in ihrem Blick so etwas wie Erkennen lag.

„Hallo Gisi", wiederholte der Reporter. „Ich bin's, Schöpfi. Wollte dir nur sagen, dass es deinen beiden Hunden gut geht. Sie fressen mir bald die Haare vom Kopf."

Ihre Worte waren nur ein Hauchen und Schöpf-Kelle musste ganz nah an ihr Gesicht heran, um sie zu verstehen.

„Legt … Domina in die … Erde zurück. Gebt ihr … ihren Frieden. Nur dann … werde auch ich frei."

Sie schloss die Augen und war wieder eingeschlafen.

Ehe sich Schöpf-Kelle über das Gesagte Gedanken machen konnte, ging die Tür auf und die Krankenschwester kam herein. Sie warf der Kranken einen besorgten Blick zu.

„Hat sie etwas gesagt? Auf dem Überwachungsmonitor sah es so aus."

Schöpf-Kelle zuckte mit den Schultern. „Sie hat im Schlaf etwas Unverständliches gemurmelt."

„Ich denke, Sie gehen jetzt besser", erklärte die Schwester und öffnete die Tür.

Der Journalist erhob sich.

„Vergessen Sie bitte die Blumen nicht", sagte er, dann ging er. Die Worte seiner kranken Kollegin gingen ihm nicht aus dem Kopf.

Schöpf-Kelle wäre nicht Schöpf-Kelle gewesen, wenn er sich während der Heimfahrt nicht Gedanken darüber gemacht hätte, wie er seine Erkenntnisse in eine Story umsetzen konnte. Als Sensationsreporter konnte man sich Mitleid nur bedingt gestatten.

Am Stammtisch im *Maulaffenbäck* wurden an diesem Abend die Schoppen warm, was so gut wie nie vorkam. Alle Stammtischbrüder lauschten mit offenem Mund dem unglaublichen Bericht ihres Gründungsmitglieds Erich Rottmann, der seinen Schoppenbrüdern das erzählte, was nicht in Schöpf-Kelles Sensationsbericht in der Mainpostille stand.

„... und Ringo Zünder hat noch einmal Glück gehabt?", wollte Horst Ritter wissen.

„Ja, der Dolch hat zwar seine Lunge durchbohrt, aber weder das Herz noch ein wichtiges Gefäß wurde getroffen. Durch das schnelle Eintreffen des Hubschraubers konnte er in einer Notoperation gerade noch gerettet werden."

„Ich verstehe nicht ganz, warum Giseldis Forgér so durchgedreht ist, dass sie fast einen Mord begangen hat. Sie ist doch, wie man aus ihren Artikeln schließen könnte, eine taffe Journalistin, die sich von nichts beeinflussen lässt." Xaver Marschmann schüttelte den Kopf.

„Das kann keiner richtig nachvollziehen", erklärte Rottmann. „Die Kripo vermutet, dass sie dem Wahn erlegen ist, diese tote Frau zu sein, die wir im Gramschatzer Wald gefunden haben. Sie war ja damals dabei. Den wahren Grund werden wir wohl nie herausfinden. Jedenfalls nannte sie sich Domina und behauptete, sie wäre die Geliebte Florian Geyers. Diese Wahnvorstellungen wurden immer schlimmer und gipfelten in dem Zwang, ihren Liebsten retten zu müssen. Es war reiner Zufall, dass der Fund der Wachsleiche mit den Florian-Geyer-Festspielen in Giebelstadt zusammenfiel. Tatsächlich war Walther von Grumbach der Erzfeind von Florian Geyer. Forgér verknüpfte Fiktion und ihre Wahnvorstellungen miteinander, so dass ihr kranker Verstand ihr befahl, Florian Geyer in Giebelstadt zu retten. Dabei ging sie durchaus gezielt vor. Sie ließ zwei Duplikate des Dolches herstellen, der im Brustkorb der toten Frau steckte. Sie tauschte Ringo Zünders Theaterdolch gegen eine der scharfen Waffen aus. Den zweiten hob sie auf, um sich dann selbst zu töten. Sie wollte im Tod so wie die weiße Frau aussehen."

„Der Angriff auf Ringo Zünder, der ja Wilhelm von Grumbach verkörperte, war also geplant", schloss Ron Schneider. „Aber da waren auch noch die beiden Attentate vor dem *Stachel*, wobei beim ersten Richard Günter Koppelkamm tödlich verletzt wurde. Hatte Forgér da auch ihre Hände im Spiel?"

Rottmann zuckte mit den Schultern. „Ich fürchte, das wird niemals aufgeklärt werden. Die Kriminaltechniker haben die Aufhängevorrichtung in beiden Fällen gründlich untersucht. Nach menschlichem Ermessen hätte die Lampe niemals herunterfallen dürfen. Es gab auch keinen Fernauslöser oder etwas Ähnliches, womit man die Befestigung hätte lösen können. Fakt ist, dass diese Lampe immer dann herunterfiel, wenn ein Darsteller des Wilhelm von Grumbach darunterstand. Bei Richard Günter Koppelkamm war das tödlich, Ringo Zünder entging nur um Haaresbreite demselben Schicksal."

„Höchst mysteriös", kommentierte Horst Ritter.

„Ja", stimmte Rottmann ihm zu. „Besonders merkwürdig ist, dass es Zeugenaussagen gibt, die eine kleine Frau mit roten Haaren zum Zeitpunkt des Unfallereignisses dort gesehen haben wollen. Eine Beschreibung, die ohne Zweifel auf Giseldis Forgér zutrifft. Beim zweiten Vorfall war sie auch gleich da und hat Passanten befragt.

Ich bin ja bestimmt nicht sonderlich wundergläubig, aber wenn ich an diese ‚Zufälle' denke, läuft es mir schon ein bisschen kalt den Rücken hinunter."

Am Stammtisch war es nach dieser Erklärung ungewohnt ruhig. Jeder hing seinen eigenen Gedanken nach.

„Was wird jetzt aus Giseldis Forgér?", stellte Xaver Marschmann schließlich die Frage, die auch die anderen bewegte.

„Nun, zunächst einmal befindet sie sich in der geschlossenen Abteilung der Psychiatrie", stellte Rottmann fest. „Sie ist nach wie vor sehr labil."

„Die Staatsanwaltschaft wird prüfen lassen, ob sie zum Zeitpunkt der Tat zurechnungsfähig war", erläuterte Horst Ritter das weitere Verfahren. Als ehemaliger Leiter der Staatsanwaltschaft Würzburg war dies sein Metier. „So wie es aussieht, wird man dies verneinen müssen. Folglich wird das Ermittlungsverfahren gegen sie wohl eingestellt werden." Er zuckte mit den Schultern.

Mehr gab es dazu nicht zu sagen. Jetzt endlich kamen die Herren dazu, ihren Schoppen zuzusprechen.

Das Spezialkühlfahrzeug, mit dem die unbekannte Leiche aus dem Gramschatzer Wald zu weiteren Untersuchungen und Studien an die Universität Göttingen transportiert werden sollte, parkte dicht am Hintereingang der Würzburger Rechtsmedizin. Das sargähnliche Behältnis, in dem die Leiche die weite Fahrt klimatisiert zurücklegen sollte, stand bereits sorgfältig befestigt im Wagen, so dass auch stärke Erschütterungen der Leiche nichts anhaben könnten. Eigentlich hatte der

Transport während der Nacht vollzogen werden sollen, um verkehrsruhigere Zeiten zu nutzen, aber Gottfried Meyer, der als Fahrer fungieren sollte, hatte kurzfristig Verdauungsstörungen angemeldet, die aber am nächsten Tag, wie er gegenüber der Institutsleitung erklärte, sicher wieder behoben sein würden.

Kurz vor drei Uhr in der Nacht näherten sich dem Fahrzeug zwei Gestalten. Sie trugen dunkle Kleidung, Handschuhe und Plastikfüßlinge über den Schuhen. Ohne Probleme schlossen sie die Fahrertür auf und stiegen ein. Der Motor sprang sofort an. Einen Augenblick später rollte der Transporter ohne Licht von seinem Standplatz in Richtung Versbacher Straße. Erst kurz bevor sie die Hauptstraße erreichten, wurde das Fahrtlicht eingeschaltet und der Transporter fuhr in Richtung Rimpar davon. Die beiden Männer sprachen kein Wort. Auf der Strecke zwischen Rimpar und Gramschatz bogen sie in einen Forstweg ein und folgten ihm über einige Abzweigungen hinweg mehrere Kilometer durch den Wald.

„Hier sind wir richtig“, stellte der Beifahrer schließlich fest und der Fahrer trat auf die Bremse. Der Motor des Fahrzeugs erstarb.

Sie öffneten die hinteren Türen des Transporters und zogen die Kühlbox mit der Toten heraus. Beide Männer trugen nun Kopflampen, mit deren Hilfe sie den Weg fanden. Sie mussten die Einzäunung einer Mischwaldaufforstung öffnen, ehe sie weiterlaufen konnten. Wenig später erreichten sie eine kleine Lichtung, wo im Schein der Lampen der frische Aushub eines Erdloches zu erkennen war. Das Grab war zwei Meter lang und etwa einen Meter fünfzig tief. Neben dem Aushub lag ein Haufen kopfgroßer Steine.

Einer der Männer stieg in das Grab und legte es mit einer mitgebrachten Decke aus, dann kletterte er heraus und gemeinsam öffneten sie den Kühlbehälter. Eiskalte Luft schlug ihnen entgegen. Vorsichtig entnahmen sie die Leiche und betteten sie mit auf dem Leib gefalteten Händen auf die Decke. Schließlich schlugen sie die Enden der Decke über ihr zusammen.

Nach getaner Arbeit blieben sie einen Augenblick am Rande der Grube stehen und blickten in das Grab.

„Mögest du jetzt in Frieden ruhen", brummte einer der Männer, dann packten beide die Steine und verteilten sie gleichmäßig auf der Leiche. So verhinderten sie, dass wilde Tiere sie ausgruben. Anschließend füllten sie das Grab mit der Erde und traten sie fest. Zu guter Letzt verteilten sie trockenes Laub auf der Stelle, so dass sie sich, als sie fertig waren, kaum noch von der übrigen Umgebung unterschied. Wenig später stand der leere Transportbehälter wieder im Fahrzeug. Die Grabwerkzeuge, die zum Öffnen und Verschließen des Waldbodens gedient hatten, versteckten sie im Wald. Einer von ihnen würde sie am nächsten Tag abholen. Die Füßlinge verschwanden auf der Rückfahrt in einer am Straßenrand stehenden Mülltonne.

Es war Gottfried Meyer, der am nächsten Tag, als er die Fahrt nach Göttingen antreten wollte, das Fehlen der Toten als Erster bemerkte. Der Aufruhr, der entstand, war gewaltig. Sofort wurde die Polizei eingeschaltet.

Die Ermittler stellten anhand der Erdanhaftungen an den Reifen zwar fest, dass das Fahrzeug im Gelände bewegt worden sein musste, ansonsten fanden sie aber keine verwertbaren Spuren. Da keiner wusste, wie viel Sprit noch im Tank gewesen war, ließ auch der aktuelle Benzinstand keine Schlüsse auf die gefahrene Strecke zu. Die Täter waren offenbar mit großer Umsicht vorgegangen.

Hätte man allerdings die Handflächen zweier bestimmter

Würzburger Bürger kontrolliert, hätte man sich gewundert, dass man vom Halten eines Fotoapparats beziehungsweise von der Behandlung von Durchfall Schwielen an den Händen bekam.

Giseldis Forgérs Zustand besserte sich von nun an rasant. Die starken Psychopharmaka, die sie meist in einem gedämpften Zustand hielten, wurden durch leichtere ersetzt, so dass sie wieder aktiv am Leben teilnahm. Aufgrund der Besserung ihres Krankheitsbildes wurde ihr gestattet, hin und wieder fernzusehen. Der Raub der Leiche aus dem Gramschatzer Wald war tagelang Thema in den örtlichen Medien. Als sie erfuhr, dass aus dem Institut für Rechtsmedizin eine wissenschaftlich äußerst bedeutungsvolle Leiche entwendet worden sei, zog ein Lächeln über ihr Gesicht.

Von Stund an verbesserte sich ihr Zustand grundlegend. Die Ärzte waren begeistert und verwundert über das plötzliche Anschlagen ihrer Therapie.

Nach weiteren vier Wochen wurde Giseldis Forgér als geheilt entlassen. Wenn sie auf ihre Genesung angesprochen wurde, lächelte sie nur leise und schwieg.

Einen Monat später erschien in der Mainpostille unter der Rubrik „Gisis Randspitzen" wieder ihre erste kritische Glosse und Schöpf-Kelle reihte sich in der Hierarchie der Mainpostille wieder brav an zweiter Stelle ein.

Vorerst.

Eine Woche nach der Lösung des Falles erhielt Erich Rottmann am Nachmittag einen Anruf, der ihn für den Rest des Tages in Hochspannung versetzen sollte. Er hatte gerade seinen Mittagsschlaf beendet und beschäftigte sich jetzt widerwillig mit lästigem Papierkram, dessen Erledigung schon lange überfällig war, als das Telefon läutete. Zuerst war er gar nicht unglücklich darüber, weil er hoffte, der Anrufer würde ihm einen Grund bieten, die unerfreuliche Büroarbeit nochmals aufzuschieben.

„Hallo, Erich", meldete sich eine weibliche Stimme, die er fast nicht erkannt hätte, „hier ist Elvira."

„Grüß dich, Elvira", gab Rottmann zurück. Die Ablenkung von der lästigen Tätigkeit hatte er sich zwar etwas anders vorgestellt, aber er wollte nicht unhöflich sein. „Wie geht es dir? Du klingst erkältet."

„Stimmt, du hast recht", gab Elvira zurück. „Ich habe in den letzten Tagen so ein komisches Kratzen im Hals. Wahrscheinlich habe ich einen Zug abbekommen. Aber ich denke, das vergeht bald wieder.

Weshalb ich dich anrufe: Es gibt da etwas ganz Wichtiges, was ich mit dir gerne besprechen würde. Es wäre mir recht, wenn du mich heute Abend besuchen könntest."

Bei Erich Rottmann läuteten alle Alarmglocken. In der letzten Zeit war Elvira, was ihre Angriffe auf sein Junggesellendasein betraf, sehr zurückhaltend gewesen. Sollte das der Beginn einer neuerlichen Attacke sein?

„Elvira, wenn es nicht sehr dringend ist … Wir haben heute beim Stammtisch einige wichtige Themen zu besprechen. Geht es nicht morgen früh?“

„Erich, ich weiß doch, wie wichtig dir dein Stammtisch ist. Geh ruhig hin. Es wäre allerdings ein feiner Zug von dir, wenn du etwas früher dort weggehen könntest. Aufschieben lässt sich mein Problem schlecht. Sagen wir um 22 Uhr bei mir?“

Diese Frau lässt nicht locker, dachte Rottmann und überlegte fieberhaft, was er noch als Grund für eine Absage anführen konnte. Ihm fiel einfach nichts ein.

„Also gut, dann um 22 Uhr“, stimmte er widerwillig zu.

„Ich bin dir wirklich sehr dankbar“, säuselte Elvira und legte auf.

In Rottmanns Ohren klang es wie der Gesang der Sirenen, die dereinst Odysseus fast ins Unglück gestürzt hätten. Weswegen wollte sie ihn sprechen?

Den Stammtischbrüdern fiel an diesem Abend auf, dass Erich Rottmann nicht ganz bei der Sache war. Bemerkenswert war auch die Schnelligkeit, mit der er seine Schoppen zu sich nahm. Anni, die Bedienung, warf ihm schon besorgte Blicke zu, als sie innerhalb von zwei Stunden den vierten Silvaner vor ihm abstellte.

Um halb zehn marschierte Erich Rottmann, angereichert mit fünf Schoppen aus den feinsten Lagen Würzburgs, in Richtung Rosengasse. Öchsle, ein erfahrener Begleiter seines Menschen, hielt zur Seite hin reichlich Abstand, um nicht bei gelegentlichen Ausfallschritten seines Herrchens mit dessen Füßen zu kollidieren.

Vor dem Haus Elviras blieb er eine ganze Weile stehen, um sich zu sammeln. Öchsle sah ihn verwundert an. Merkte sein

Herrchen nicht, dass er vor dem falschen Eingang stand? Schließlich drehte Rottmann sich um und steuerte auf seine eigene Haustür zu. Er hatte sich entschlossen, Öchsle erst nach Hause zu bringen und ihm Futter zu geben. Dann war wenigstens der Rüde in Sicherheit.

„Öchsle, du musst jetzt mal schön alleine bleiben, weil dein Herrchen sich den Gefahren des Lebens stellen muss." Seine Aussprache war etwas undeutlich. Er hatte vor lauter Aufregung nichts gegessen, daher war der Alkohol direkt und ohne Umwege in seine Blutkreislaufbahn gelangt. Auch für einen trainierten Schoppenfetzer wie Rottmann durchaus eine Herausforderung.

Zehn Minuten später stand Rottmann wieder vor der Haustür von Elvira Starks Wohnung. Nach kurzem Zögern drückte er auf den Klingelknopf.

„Hallo Erich, den Weg kennst du ja", kam Elviras Stimme aus dem Lautsprecher, gleichzeitig summte der Türöffner.

Der Weg in den obersten Stock war in Rottmanns augenblicklicher körperlicher Verfassung schweißtreibend. Als er schwer atmend oben angekommen war, sah er die Tür zu Elviras Wohnung nur angelehnt. Aus dem Türspalt kam ein warmer Lichtschein, der aber eindeutig nicht von der Flurlampe kam.

„Komm rein!", rief Elvira von drinnen.

Mit Fingerspitzen stieß Rottmann die Tür auf und betrat den Flur. Der ungewohnte Lichtschein kam aus dem Wohnzimmer. Vom Alkohol ermutigt, fasste sich Rottmann ein Herz, schloss die Wohnungstür und folgte dem Licht. Es wurde von zahlreichen Kerzen erzeugt, die überall im Wohnraum verteilt waren.

„Herzlich willkommen", sagte Elvira, die aus der Küche kam. Für einen Augenblick stand sie im Türrahmen und wurde durch das helle Küchenlicht von hinten angestrahlt. So konnte er erkennen, dass sie ein dünnes Kleid oder etwas ähnlich Transparentes trug, das dem Lichtschein kaum etwas entgegenzusetzen hatte. Dann erlosch das Küchenlicht und damit der erotische Reiz, dem er kurzfristig ausgesetzt gewesen war. Stattdessen oder deswegen keimte in Rottmanns leicht umnebeltem Gehirn Panik. Das war eindeutig eine Falle! Wenn seine Gedanken nur nicht so schwerfällig gewesen wären! Wie kam er bloß unbeschadet von hier weg?

Ehe er eine Idee reifen lassen konnte, trat Elvira auf ihn zu und lächelte ihn an. Das Kerzenlicht ließ ihre Züge weich und ansprechend erscheinen. Ihre Augen hatten einen feuchten Glanz.

Sie legte ihren Arm um seine Schulter und führte ihn mit sanftem Druck zum Tisch. Er roch ihr unaufdringliches Parfüm, das seine Sinne reizte. Es hatte eindeutig etwas von der fruchtigen Frische eines jungen Silvaners.

„Nimm bitte Platz. Vielen Dank, dass du Zeit für mich hast. Ich nehme an, du hast gegen einen Schoppen nichts einzuwenden?“ Es war mehr eine Feststellung als eine Frage. Sie nahm einen Bocksbeutel aus einem Flaschenkühler und goss zuerst ihm und dann sich in bereitstehende Gläser ein.

„Zum Wohl!“, sagte sie leise und hob ihr Glas. Auf diesen Trinkspruch reflexartig reagierend, hob auch Rottmann sein Glas und stieß klingend mit ihr an. Er nahm einen tiefen Schluck. Der vertraute Geschmack des Weins besänftigte seine Nerven ein wenig.

Sie erhob sich. „Ich habe eine Kleinigkeit zum Wein vorbereitet und hole es nur schnell aus der Küche.“

Sie erhob sich wieder und verschwand in der Küche. Einen Augenblick später kam sie mit einem Teller zurück, auf dem sich ein Berg verschieden belegter Häppchen befand.

„Die hier sind besonders zu empfehlen“, bemerkte sie, „da ich sie mit einem selbstgemachten Pesto bestrichen habe.

Ich muss unbedingt etwas essen, dachte Rottmann, sonst macht mich der Wein völlig fertig. Er griff nach den angebotenen Brötchen mit Pesto. Es hatte einen schwer einzuordnenden Geschmack, der aber keineswegs unangenehm war.

„Greif tüchtig zu“, forderte ihn Elvira auf, während sie sich wieder ihm gegenüber niederließ.

Rottmann erwischte sich dabei, dass er sich einen Blick auf ihre strammen Oberschenkel gönnte, die von ihrem leicht aufspringenden Wickelkleid nur unvollständig bedeckt wurden. Auch nahm er jetzt nervös ihr Dekolleté zur Kenntnis, das je nachdem, wie sie sich bewegte, vom Kerzenlicht wirksam in Szene gesetzt wurde. Um seine Blicke zu kaschieren, griff er sich das nächste Brötchen.

„Lieber Erich, weswegen ich dich zu mir gebeten habe: Es gibt etwas zu feiern.“

Rottmann bemühte sich, ausschließlich in ihr Gesicht zu schauen. Das flackernde Kerzenlicht erzeugte Schatten, wodurch er ihre Züge nur verschwommen wahrnahm. Dabei bewunderte er den schimmernden Glanz auf ihrer mahagonifarbenen Kurzhaarfrisur.

„Aha“, gab er mit vollem Mund von sich, um überhaupt etwas zu sagen. Mit einem Schluck Silvaner spülte er nach.

„Ja. Du wirst es nicht glauben, aber ich habe vor ein paar Tagen aus heiterem Himmel eine größere Erbschaft gemacht. Dazu gehört auch ein kleines Häuschen bei Bad Staffelstein in Oberfranken.“

Wieder ein einsilbiges „Aha“. Rottmann hatte mittlerweile das dritte Brötchen in der Hand. Der Aufstrich schmeckte ihm mittlerweile so gut, dass er am liebsten alle Teile aufgegessen hätte.

Mit einem Male fiel ihm auf, dass Elviras Stimme plötzlich einen Hall hatte. Das Kerzenlicht ließ einen Lichtkranz um ihren Kopf entstehen. Wie ein Heiligenschein, dachte er und musste plötzlich kichern.

Elvira tat so, als würde sie es nicht bemerken.

„Ich will in den nächsten Tagen hinfahren und mir das Häuschen ansehen. Es würde mich freuen, wenn du mich begleiten könntest. Wäre es vielleicht sogar möglich, dass wir mit deinem alten VW-Käfer fahren? Selbstverständlich würde ich die Spritkosten übernehmen."

„So, so, die Spritkosten", wiederholte Rottmann und fand dies anscheinend enorm erheiternd, denn er kicherte noch stärker.

„Ja. Das wäre doch schön, so ein gemeinsames verlängertes Wochenende, oder nicht?"

„... oder nicht ..." Rottmann spielte das Echo und bekam einen regelrechten Lachanfall. Dabei hätte er sich fast verschluckt. Mittlerweile war die Platte mit Brötchen fast geleert.

„Die größte Neuigkeit habe ich dir aber noch gar nicht erzählt. Als ich beim Nachlassgericht war, ist plötzlich eine Frau aufgetaucht, die sich als meine Zwillingsschwester entpuppte. Stell dir vor, eine Zwillingsschwester, von deren Existenz ich keine Ahnung hatte und sie nicht von meiner!"

Jetzt war Rottmann vollständig verloren. „Zwillingsschwester, hahaha, hihihi. Elvira, das doppelte Lottchen!" Den letzten Satz schrie er brüllend vor Lachen hinaus.

Während Elvira ihr Weinglas langsam in den Händen drehte, betrachtete sie ihn mit amüsiertem Blick. Um ihren Mund spielte ein Lächeln.

Als Erich Rottmann am nächsten Morgen erwachte, war sein erster Eindruck, noch bevor er seine Augen öffnete, ein schmerzender Kopf. Er hatte das Gefühl, als müsse ihm das Gehirn gleich herausfallen. Nachdem er sich blinzelnd an das grelle Tageslicht gewöhnt hatte, durchfuhr ihn ein fürchterlicher Schreck. Er lag nicht in seinem eigenen Bett! Die Einrichtung kam ihm allerdings bekannt vor.

Oh Herr im Himmel, dachte er, das ist Elviras Schlafzimmer! Der Kopfschmerz pochte im Gleichklang mit seinem rasant in die Höhe gesprungenen Puls. Plötzlich verspürte er ein ungewohntes Körpergefühl. Er hob leicht die Bettdecke. Er war splitterfasernackt! Mein Gott, was war passiert? Er schielte zur Schlafzimmertür. Sie stand offen. Aus der Wohnung waren keine Geräusche zu hören. Offenbar war er alleine.

Das eingeschossene Adrenalin versetzte ihn in die Lage, sich aufzurichten. Jetzt sah er seine Kleider. Sie waren wild im Zimmer verstreut!

Rottmann schob die Beine unter der Bettdecke hervor und setzte sich auf den Rand des Doppelbettes. Mit einem Blick stellte er fest, dass es total zerwühlt war. Was war hier abgelaufen? Verdammt, er hatte keinerlei Erinnerung!

Plötzlich blitzten einzelne Bilder durch sein Gedächtnis. Er hatte einen wüsten Traum gehabt! Die Bilder wurden immer klarer und verbanden sich zu Szenen.

Rottmann sah sich in Elviras Schlafzimmer. Splitternackt lag er in ihrem Bett auf dem Bauch. Seine Hände und Füße waren mit Handschellen am oberen und unteren Teil des Bettes gefesselt. Jetzt sah er die Gestalt. Es handelte sich um eine Frau in einem blutroten Latexanzug. Ihre Beine steckten in gleichfarbigen Schaftstiefeln. Ihr Gesicht war unverhüllt. Jetzt konnte er sie erkennen! Mein Gott, das war ja Elvira! Nur wie sah sie aus? Sie war kräftig geschminkt und ihr Haar hatte fast die gleiche Farbe wie ihr Anzug. In der Hand trug sie eine kurze Reitgerte, mit der sie sich klatschend gegen einen Stiefelschaft schlug.

Rottmann fühlte, wie er gegen die Handschellen ankämpfte.

„Halte still!“, donnerte ihre Stimme, die Elviras Stimme war und auch wieder nicht. Um ihre Worte zu unterstreichen, klatschte sie ihm mit der Gerte auf den Hintern. Nicht sehr fest, aber spürbar.

„Du bist ein schlechter Mensch, Erich Rottmann“, fuhr die Frau fort und es folgte der nächste Streich mit der Gerte. „Du lässt deine Freundin Elvira, die dich liebt, zappeln und zappeln zwischen Hoffnung und Verzweiflung, nur weil du ein ichbezogener Egoist bist, der nur an sich selbst denkt. Siehst du das ein?“

Als Rottmann im Traum nicht gleich antwortete, folgte wieder die eindeutige Aufforderung mit der Gerte.

„Ja, ja“, hörte sich Rottmann sagen, wieder zerrte er an den Fesseln. „Ich werde mich bessern! Binde mich jetzt los!“

Die Reaktion der Frau kam überraschend. Sie warf die Gerte zur Seite und sprang mit einem Satz auf Rottmann und setzte sich im Reitersitz auf seinen Hintern. Dann beugte sie sich nach vorne, so dass sie fast auf ihm lag. Ganz deutlich konnte er den Latex auf seinem Rücken spüren. Sie brachte ihren Mund ganz nahe an sein Ohr.

„Denk daran, was du gerade versprochen hast. Vergiss nicht die Begegnung mit der blutroten Domina!“

Erich Rottmann rieb sich die Stirn. Es war faszinierend, wie deutlich er den Traum in Erinnerung hatte. Wie kam er auf so einen Blödsinn? Er hatte mit sadomasochistischen Praktiken absolut nichts am *Huth*.

Viel mehr Sorgen bereitete ihm die Realität. Was war zwischen ihm und Elvira in dieser Nacht passiert?

Er musste sich so schnell wie möglich anziehen. Rottmann ließ den Blick über die Verwüstung im Zimmer schweifen. Wo war nur seine Unterhose? Alles schien vorhanden zu sein, nur seine verdammte *Schiesser* Feinripp fehlte. Dann musste es halt ohne gehen. Schnell warf er die Bettdecke von sich und eilte zu seiner Cordhose. Als er sich bückte, fiel sein Blick zufällig auf seine Handgelenke. Betroffen sah er sie an. Beide hatten ringsherum Rötungen, die auf den Einsatz von Handschellen schließen ließen. An den Fußknöcheln das gleiche Bild! Bei Gott, er hatte das doch nur geträumt! Schnell schlüpfte er in seine Hose. Als er sie hochzog, zuckte er zusammen. Es tat ihm eindeutig das Hinterteil weh. Der Exkommissar war völlig verwirrt. Konnte man tatsächlich so intensiv träumen, dass am eigenen Leib Spuren davon zurückblieben?

Für Erich Rottmann gab es nur noch die Flucht. Er stürmte ins Wohnzimmer. Das war Realität. Die Gläser standen noch auf dem Tisch und auf dem Teller waren die Krümel der belegten Schnitten zu erkennen. Auch die erloschenen Kerzen bestätigten seine Erinnerung.

Erich Rottmann wusste nicht, was er denken sollte. Er war total verwirrt. Als Kriminalist von rationalem Denken beherrscht, konnte er sich seine Traumbilder nicht erklären. Die Problematik, zwischen Realität und Traum nicht unterscheiden zu können, machte ihn völlig fertig. Woher war dieser exzessive Rausch gekommen? Gewiss, er hatte viel getrunken, aber einen so absoluten Blackout hatte er noch nie gehabt. Ihm war völlig schleierhaft, wie er Elvira gegenübertreten sollte.

Zuerst einmal musste er hier raus. Als er sich der Wohnungstür näherte, sah er dort einen Zettel kleben.

„Lieber Erich Rottmann, ich weiß nicht, an was du dich erinnern kannst. Du hast offenbar mein Pesto aus frischen Cannabisblättern nicht ganz so gut vertragen. Entschuldige bitte. Aber nur so ist es mir gelungen, eine kurze Abwesenheit meiner Zwillingsschwester Elvira zu nutzen, um dir eine kleine Lektion zu erteilen. Sie hat mir ihr Leid über dein Verhalten all die Jahre ihr gegenüber geklagt und ich fühlte mich verpflichtet, ihr zu helfen. Vergiss nicht, was du versprochen hast. Deine Unterhose nehme ich als Pfand mit, falls du einmal eine Gedächtnisauffrischung benötigst. Meine Schwester weiß übrigens nichts von unserer gemeinsamen Nacht. Und du willst doch sicher nicht, dass sie erfährt, was für ein kleines Ferkelchen du sein wolltest, ehe ich dich in Handschellen legen konnte.

Herzliche Grüße, die blutrote Domina

PS: Wenn du gehst, nimm diese Nachricht mit
und zieh einfach die Tür hinter dir zu.“

Erich Rottmann stand völlig sprachlos vor dem Zettel. Er konnte das alles einfach nicht glauben. So war er noch nie verladen worden.

Als er wenig später seine Wohnung betrat, kam ihm Öchsle schon freudig jaulend entgegen. Er war es nicht gewohnt, dass sein Mensch die Nächte außerhalb verbrachte.

Den nächsten Tag durchlebte Rottmann unter dem Eindruck dieser Nacht. Am meisten beunruhigte ihn, dass er nicht wusste, was tatsächlich im Einzelnen zwischen ihm und der Frau, die wie Elvira ausgesehen hatte, passiert war.

Zwei Tage später, als er mit Öchsle gerade Gassi gehen wollte, traf er Elvira auf der Straße. Erst zuckte er zurück. Doch als er Öchsles Reaktion sah, der sich wie immer freute, sie zu sehen, beruhigte er sich. Zwilling hin oder her, die Hundenase ließ sich nicht betrügen. Das war die Echte!

Elvira stellte ihre Einkaufstasche auf den Asphalt.

„Schön, Erich, dass ich dich sehe. Es ist in den letzten Tagen so viel passiert, wovon ich dir unbedingt erzählen muss. Hast du heute oder morgen etwas Zeit für mich? Du könntest auf einen Schoppen zu mir rüberkommen. Ich brauche deinen Rat."

Rottmann musste sehr an sich halten, um nicht fluchtartig davonzulaufen. Das war wie ein fürchterliches Déjà-vu! Eingedenk der Mahnung der Domina riss er sich aber zusammen und sagte für den Abend zu. Er wollte auf keinen Fall, dass Elvira von seinem Ausrutscher erfuhr!

Diesmal in Begleitung von Öchsle und ohne alkoholisches Vorglühen, stand Erich Rottmann um 20 Uhr bei Elvira Stark vor der Tür. Sie bat ihn herzlich herein und führte ihn ins Wohnzimmer. Unter der Tür blieb er stehen, als wäre er gegen eine Wand gelaufen.

„Erich, ich möchte dir meine Zwillingsschwester Thekla vorstellen. Sie ist die eine Neuigkeit, von der ich dir heute erzählen möchte. Die andere kommt gleich."

Das Double von Elvira lächelte ihn freundlich an und gab ihm die Hand. Sie sah Elvira wirklich zum Verwechseln ähnlich, trug aber einen ganz anderen Kleiderstil.

„Es freut mich wirklich, den Freund meiner Schwester kennen zu lernen. Sie hat mir schon viel von Ihnen erzählt."

Rottmann musste sich beherrschen, um nicht zu stottern. Besonders die blutroten Haare erweckten bei ihm äußerst zwiespältige Erinnerungen.

Elvira bestand sofort darauf, dass sie sich duzten.

Wieder Erwarten wurde es dann doch ein ganz netter Abend. Thekla machte in keiner Weise irgendwelche Anspielungen auf ihre erste Begegnung. Und Rottmann zeigte sich von Elviras unerwartetem Erbe betont überrascht.

Etwas später wagte Elvira eine Frage. „Erich, ich möchte in den nächsten Tagen nach Bad Staffelstein fahren, um mir das Wochenendhaus anzusehen. Es wäre sehr schön, wenn du mich begleiten würdest."

Rottmann zögerte einen Augenblick. Von Thekla kam ein leises Räuspern.

„Ich werde in meinem Terminkalender nachsehen, ob sich ein Tag findet", gab Erich Rottmann schließlich ausweichend zurück. Elvira hatte nichts anderes erwartet.

„Sag mir bitte bis übermorgen Bescheid", bat sie und wechselte das Thema.

Eine gute Stunde später verabschiedete sich Rottmann mit der Begründung, dass Öchsle noch einmal Gassi gehen müsse. Thekla brach spontan mit ihm auf.

Unten auf der Straße gab sie Rottmann kurz die Hand und streichelte Öchsle über den Kopf, dann wandte sie sich ab. Plötzlich blieb sie nochmal stehen, als hätte sie etwas vergessen.

„Ach, lieber Erich, da ist mir doch glatt noch etwas eingefallen." Sie griff in ihre große Handtasche, holte eine kleine Plastiktüte heraus und drückte sie Erich Rottmann in die Hand. „Hier, lieber Erich, eine kleine Entscheidungshilfe für die Fahrt nach Bad Staffelstein. Es ist eine neue, damit du wieder einmal wechseln kannst. Das Original habe ich sicherheitshalber noch behalten." Sie lächelte schelmisch und eilte davon.

Rottmann öffnete die Tüte und sah hinein. Darin befand

sich eine Packung mit einer ganz neuen *Schiesser* Feinripp. Exakt seine Marke, die mit dem großen Eingriff.

Erich Rottmann sah der Frau hinterher, wie sie selbstsicher die Rosengasse hinunterschritt, bis sie von der Dunkelheit verschluckt wurde.

„Ach, Öchsle", seufzte Rottmann, „warum habe ich dich zu diesem Besuch nur nicht mitgenommen. Du hättest gleich gemerkt, was mir da für ein Kuckucksei ins Bett …, ich meine ins Nest gelegt wurde." Unwillkürlich fuhr er sich mit der Hand über das Gesäß. „Jetzt muss ich auch noch nach Oberfranken, zu diesen notorischen Biertrinkern, in diese Wein-Diaspora. Mir bleibt aber auch wirklich nichts erspart."

Der Rüde stieß sein Herrchen auffordernd mit der Schnauze an und jaulte kurz auf. „Ich habe Kohldampf", hieß das. Rottmann nickte. „Ich hab schon verstanden."

Band 1	**Der *Schoppenfetzer* und die Silvanerleiche** 159 Seiten · Broschur · ISBN 978-3-9808253-2-0
Band 2	**Der *Schoppenfetzer* und der Tod des Nachtwächters** 167 Seiten · Broschur · ISBN 978-3-9808253-4-4
Band 3	**Der *Schoppenfetzer* und das Rotweingrab** 156 Seiten · Broschur · ISBN 978-3-9808253-6-8
Band 4	**Der *Schoppenfetzer* und das Riesling-Attentat** 159 Seiten · Broschur · ISBN 978-3-9808253-8-2
Band 5	**Der *Schoppenfetzer* und der Henkerswein** 157 Seiten · Broschur · ISBN 978-3-939103-03-5
Band 6	**Der *Schoppenfetzer* und der Messweinfluch** 165 Seiten · Broschur · ISBN 978-3-939103-09-7
Band 7	**Der *Schoppenfetzer* und die Weindorftoten** 159 Seiten · Broschur · ISBN 978-3-939103-15-8
Band 8	**Der *Schoppenfetzer* und die Bacchus-Verschwörung** 157 Seiten · Broschur · ISBN 978-3-939103-22-6
Band 9	**Der *Schoppenfetzer* und die Rache des Winzers** 157 Seiten · Broschur · ISBN 978-3-939103-25-7
Band 10	**Der *Schoppenfetzer* und die Satansrebe** 187 Seiten · Broschur · ISBN 978-3-939103-34-9

→ **eBooks** Die Schoppenfetzer-Krimis sind auch als eBooks erhältlich. **www.der-schoppenfetzer.de/ebooks**

Günter Huth
Der *Schoppenfetzer* und die blutrote Domina

Gestaltet von Peter Hellmund
Gedruckt und gebunden von Pustet in Regensburg

Lektoriert von Claudia Krug und Monika Thaller

Erste Auflage 2012
ISBN 978-3-939103-39-4

www.buchverlag.hellmund.de